BASTEI
LÜBBE

Aus der Taschenbuchreihe JERRY COTTON – Neuauflage – sind nachstehende Romane erhältlich. Fragen Sie im Buch- oder Zeitschriftenhandel nach diesen Titeln:

---

32 051 Apartment des Grauens
32 052 Ich und der Mörder
32 053 Heißes Wochenende
32 054 Hände weg von Evelyn
32 055 Stadt der Mörder
32 056 Vom Teufel geküßt
32 057 Höllen-Kommando
32 058 Begnadigt zum Schafott
32 059 Blutiges Pflaster
32 060 Dollar-Baby
32 061 3000 Meilen Todesangst
32 062 Zu heiß für Cat
32 063 Sterben muß, wer Jossy küßt
32 064 Die Bestie von Brooklyn
32 065 Todes-Blues
32 066 Heiße Orchideen
32 067 Für mein Leben keinen Cent
32 068 Dämon der Nächte
32 069 In der siebenten Hölle
32 070 Die Florida-Killer
32 071 Du mußt sterben, Lady!
32 072 Wild wie eine Harlem-Katze
32 073 Klinik der grausamen Frauen
32 074 Heroin auf nackter Haut
32 075 Nachruf aus der Hölle
32 076 Mafia-Melodie
32 077 Grausame Engel
32 078 Tödlicher Morgen
32 079 Dolly läßt das Töten nicht
32 080 Killer-Camp
32 081 Kennwort Roter Drache
32 082 Alaska-Teufel
32 083 Ein Toter auf Pier 17
32 084 Gold in blutigen Fäusten
32 085 Todes-Rausch
32 086 Die Hinrichtung
32 087 Die bitteren Träume von Harlem
32 088 Sechs Mörder und fünf Masken
32 089 . . . und nichts als die Wahrheit
32 090 Die längste Nacht hat keinen Morgen
32 091 Die Todeswolke
32 092 Der silberblonde Teufel
32 093 Todesblüten im Paradies
32 094 Die Nacht der Menschenhaie
32 095 Wir jagten das Maskengesicht
32 096 Der entführte Astronaut
32 097 Die Party-Killer von Los Angeles
32 098 Die Cosa Nostra läßt grüßen
32 099 Nach all diesen Morden
32 100 Tödlicher Donnerstag
32 101 Sein Name war Capello
32 102 Die Rache der Gesteinigten
32 103 Im Zuchthaus gelernt
32 104 Die Entführung
32 105 Die rote Hexe von Manhattan
32 106 Ich und der Mädchenmörder
32 107 Silver-Jet ins Jenseits
32 108 Heißer Job mit Jane
32 109 Schatzmeister der Cosa Nostra
32 110 Die Tupamaros von New York
32 111 Die Flugzeug-Fänger
32 112 Stunde der Mörder
32 113 Die Unterwasser-Killer

Jerry Cotton

Fünf Finger

Kriminalroman

BASTEI
LÜBBE

BASTEI-LÜBBE-TASCHENBUCH
Jerry Cotton – Neuauflage –
Band 32 114

Erste Auflage: Oktober 1971
Zweite Auflage: März 1990

Das Titelfoto zeigt Richard Benjamin und Joan Hackett in dem Warner-Columbia-Film ›Sheila‹. Die dargestellten Personen stehen in keinem Zusammenhang mit diesem Roman.

Titelfoto: Warner Columbia
Umschlaggestaltung: Quadro Grafik, Bensberg
Satz: Fotosatz Steckstor, Bensberg
Druck und Verarbeitung:
Brodard & Taupin, La Flèche, Frankreich
Printed in France
ISBN 3-404-32114-6

Der Preis dieses Bandes versteht sich einschließlich
der gesetzlichen Mehrwertsteuer.

Der Mann war nichtssagend, Durchschnitt. Vielleicht zuviel Durchschnitt. Die Theke in seinem Rücken verlieh ihm Sicherheit. Ellenbogen und Unterarme hatte er auf den beruhigend kalten Chromstahl geschoben.

Der Mann hieß Alvin Cormick. Körperliche Arbeit hatte sein Äußeres gezeichnet. Die abgewetzte Ledertasche mit Thermosflasche, Brotdose und Morgenzeitung lag zu seinen Füßen unter dem Barhocker.

Alvin Cormick hatte Feierabend. Und nach Feierabend genehmigte er sich einen. Ganz in Ruhe. Immer in der gleichen Kneipe, zehn Häuserblocks von seiner Wohnung entfernt.

Und dann paßte es ihm ganz und gar nicht, wenn einer die Gemütlichkeit verpatzte. Die meisten wußten das. Wußten, daß er spätestens nach dem dritten harten Drink ungemütlich wurde. Streitsüchtig und unberechenbar.

»Kann mir nicht vorstellen, daß wir hier 'nen Treffpunkt für Underground-Typen aufmachen wollen.« Cormick genoß es, seine Worte in die Stille triefen zu lassen. Er weidete sich an der Zaghaftigkeit der anderen, die es nicht wagten, zu dem Ecktisch hinüberzublicken, den er, Alvin Cormick, ganz klar im Visier hatte.

»Alvin, komm, trink noch einen und sei friedlich!«

Cormick wischte die besänftigende Hand des Barkeepers weg, ohne sich umzudrehen. Er kniff die Augen zusammen und bemühte sich, ihnen jenen stahlharten Ausdruck zu verleihen, von dem er glaubte, daß er andere klein und häßlich machte.

Vor allem diese drei am Ecktisch, die ganz nach verkorksten Fixern aussahen . . . Sie sollten wissen, daß man Alvin Cormick den Feierabend nicht verderben durfte.

Noch reagierten sie nicht. Taten so, als wären sie in eins von ihren läppischen Gesprächen vertieft.

Cormick mußte innerlich grinsen. Restlos versaut, diese Burschen. Zu nichts zu gebrauchen. Solche, die die Hosen voll haben, wenn's drauf ankommt. Zottelmähne, bleiche Visagen und Ränder unter den Augen – so schlichen sie durch die Gegend und verpesteten hart arbeitenden Bürgern der Vereinigten Staaten die Luft.

Er mußte kurzen Prozeß machen, zeigen, wer hier den Ton angab. »Ihr habt euch in der Tür geirrt!« brüllte er plötzlich, so wie damals bei der Army. Die ganze Kneipe zuckte zusammen, genauso wie damals die Rekruten. Nur die drei Zottelmähnen nicht.

Sie brachen ihr Gespräch ab. Langsam drehten sie sich um. Cormick stutzte, ließ sich jedoch nichts anmerken. »Jawohl, ihr seid gemeint!« brüllte er unbeirrt weiter. Zum Teufel, die sollten endlich mal zu spüren bekommen, welche Sprache unter Männern gesprochen wurde! Sie blickten ihn an. In ihren Augen lag eine Spur von Mitleid. Dann lächelten sie.

»Verdammt noch mal, ich mache keine Witze!« schrie Cormick zornig. »Seht zu, daß ihr verschwindet! Ihr paßt uns nicht, kapiert ihr das?«

Einer der drei stand auf. Er war strohblond und ziemlich groß. In seinen blauen Augen glomm ein heimtükkisches Feuer. Die beiden anderen kamen ebenfalls langsam von ihren Stühlen hoch.

Cormick stutzte erneut. Sie wandten sich nicht zur Tür, wie er es erwartet hatte. Nein, sie schlenderten auf ihn zu. Zwängten sich durch die Tischreihen, immer noch lächelnd. Die beiden Kumpane des Blonden waren kleiner und breitschultriger. Sie hatten dunkle Haare und ähnelten sich wie Brüder.

Atemlose Stille lastete in der Kneipe. Selbst der Barkeeper hörte auf, seine Gläser zu polieren.

In Alvin Cormick riß der Faden. Die plötzliche Nervosität platzte aus ihm heraus. »Zum Teufel, sitzt doch nicht rum wie die Ölgötzen!« brüllte er. »Schmeißt diese Gammler raus, verdammt noch mal!«

Niemand rührte sich.

Nur der Strohblonde mit den heimtückischen Augen bemerkte die winzigen Schweißperlen, die auf die Stirn Cormicks traten.

Zwei Schritte vor Cormick blieb der Blonde stehen. Automatisch schoben sich seine beiden Begleiter links und rechts neben ihn.

Alvin Cormick sah sich einem bedrohlichen Halbkreis gegenüber, und er mußte erschrocken feststellen, daß diese Burschen raffinierter waren, als er geglaubt hatte. Und jetzt, aus allernächster Nähe, sahen sie gar nicht mehr nach Fixern aus.

Im Gegenteil. Sie hatten keine Ringe unter den Augen, sondern sonnengebräunte Haut und harte brutale Gesichtszüge. Cormicks Schweißperlen vermehrten sich.

»Okay, Opa«, grinste der Strohblonde. Seine Stimme war eisig. »Du möchtest, daß wir diese Bude verlassen, stimmt's?«

»Ja, also . . .«, krächzte Cormick. Aber er sprach nicht weiter.

»Hm, wir haben also richtig gehört. Was meint ihr?« Der Strohblonde sah seine Nachbarn an. »Wollen wir ihm den Gefallen tun?« Er wartete nicht auf eine Antwort, sondern traf seine Entscheidung. »Du hast gewonnen, Opa. Du bezahlst jetzt unsere Drinks. Wir wollen doch nicht die Zeche prellen, verstehst du? Und dann begleitest du uns zur Tür, damit du auch ganz sicher bist, daß wir wirklich draußen sind. Soweit klar?«

Cormick wußte jetzt, daß ihm niemand helfen würde. Aber, zum Teufel . . . Er gab sich einen innerlichen Ruck. Schließlich hatte er schon ganz andere Sachen mitgemacht, und er würde sich nicht von drei dämlichen Halbwüchsigen lächerlich machen lassen. No, nicht Alvin Cormick!

»Ihr spinnt wohl!« knurrte er daher.

Ehe er es überhaupt begriff, hatte sich der Halbkreis um ihn geschlossen und ihn an der Theke festgenagelt. Cormick spürte den heißen Atem des Strohblonden in seinem Gesicht.

»Du sollst uns doch nicht ärgern, Opa!« mahnte der Blonde scheinbar geduldig. Seine Rechte machte eine kurze Bewegung.

Alvin Cormick erstarrte. Sein Blick hing wie festgehakt an der blitzenden Klinge des rasiermesserscharfen Stiletts.

»Du bezahlst jetzt unsere Drinks!« zischte der Blonde. Außer Cormick selbst konnte niemand in der Kneipe das Messer sehen.

Er war zu keinen Gedanken fähig. Wilde Visionen schossen durch sein Gehirn. Schlachtenlärm . . . Invasion in der Normandie . . . hohe Verluste . . . noch verbissenerer Einsatz . . . Nahkampf . . . Mann gegen Mann . . . blitzende Bajonette, die sich blutigrot färben . . .

Die Visionen formierten sich zu einem Befehl an Cormicks Nervensystem. Seine schwieligen Fäuste ballten sich und zuckten hoch. Bereit, wie Dampfhämmer niederzusausen . . .

Es war die letzte Bewegung, die er machte. Das letzte, was Alvin Cormick sah, war das Aufblitzen des Stiletts.

Er sah nicht mehr, wie die drei Langhaarigen sich

umdrehten und mit hastigen Schritten aus der Kneipe eilten.

Alvin Cormick war tot, noch bevor er von seinem Barhocker zu Boden sank. Blut quoll aus der Stichwunde in seiner linken Brust und bildete eine schillernde Lache.

Lähmendes Entsetzen packte die Menschen in dem Lokal. Bevor sie überhaupt erfaßt hatten, was passiert war, und bevor sie reagieren konnten, heulte draußen ein Automotor auf.

Einer handelte instinktiv, fegte durch die Tür und sprang hinaus auf den Bürgersteig.

Es war ein herrlicher Sommerabend. Ganz nach meinem Geschmack. Das einzige, was man sich hinzudenken mußte, waren zirpende Grillen und der Duft wogender Kornfelder.

Das Girl auf meinem Beifahrersitz war geeignet, solche Stimmung in mir aufkommen zu lassen. Und das mitten in Manhattan, in der 46. östlichen Straße, wo sich Asphalt und Apartmentgebäude zu einem Romantik tötenden Inferno vereinen.

Grace – so hieß sie – wohnte in einem von diesen Betonklötzen.

Ich zog die Handbremse an und drehte den Zündschlüssel nach links. Der Sechszylinder meines Jaguars erstarb. »Das traute Heim erwartet dich«, sagte ich sanft und blickte sie an.

»Nur mich allein?« Ihre großen blauen Kinderaugen drückten grenzenloses Erstaunen aus, und ihre weichen vollendet geschwungenen Lippen formten sich zum Protest. Mit einer energischen Bewegung strich sie sich eine widerspenstige Strähne des langen Blondhaars aus dem Gesicht, das keine Kosmetik nötig hatte.

»Moment mal. Ich wollte nicht sagen, daß . . .«

»Was wolltest du denn sagen?« hauchte sie. Ihr Arm schlang sich um meinen Nacken. Ihre weichen Lippen kamen auf mich zu, und dann vergaß ich, daß ich überhaupt jemals etwas hatte sagen wollen.

Ich kam mir fast vor wie ein College-Boy, der sein erstes großes Abenteuer erlebt. Dabei kannte ich Grace bereits seit einer Woche. Sie arbeitete als Sekretärin bei der New York City Police. Kein Wunder also, daß wir uns zufällig einmal über den Weg gelaufen waren, und sie gehörte nicht zu denen, die sich durch Prüderie auszeichneten. Ich allerdings auch nicht.

Gegen ihre wortlosen Überredungskünste war jedenfalls kein Kraut gewachsen. Dabei hätte sie mich nicht einmal überreden müssen, sie in ihr hübsches Apartment zu begleiten.

Ich befand mich in einem rosaroten Schleier, den ihre Lippen ständig von neuem aufwallen ließen. Irgendwann bemerkte ich etwas Knallrotes in diesem Rosarot. Ich schenkte ihm keine weitere Beachtung, bis mir ein rotes Licht aufging und ich meine Augen aufklappte.

Da war es noch immer, das Knallrot. Unverschämt und fordernd. Das Sprechfunkgerät.

Ich knurrte wütend.

Grace löste sich erschrockcen von mir. »Was ist los? Ist das deine neuste Art von Sympathiebezeugung?«

Ich nahm sanft ihren Kopf in beide Hände und drehte ihn in Richtung auf den leuchtenden Störenfried. Mir schien, als drückte das Flackern des Lämpchens unverhohlene Schadenfreude aus.

»Kümmere dich nicht darum«, empfahl Grace, »wären wir bereits oben, würden wir es gar nicht sehen.«

»Sie haben deine Telefonnummer«, entgegnete ich matt, »und sie wissen, daß wir beide unterwegs sind. Es hat also keinen Zweck.«

»Himmel. So viel Pflichtbewußtsein ist mir auch noch nicht über den Weg gelaufen!«

Ich zuckte die Achseln und nahm die Sprechmuschel aus der Halterung. Was sollte ich machen? Selbst in den angenehmsten Situationen muß ein G-man eben daran denken, daß er immer im Dienst ist. Hinzu kam, daß ich an diesem Wochenende zur zweiten Bereitschaft gehörte. Ich hatte zwar dienstfrei, mußte mich aber für Notfälle zur Verfügung halten. Und ein solcher Notfall war offenbar ausgerechnet jetzt eingetreten. Die Kollegen von der ersten Bereitschaft mußten bereits allesamt im Einsatz sein.

»Cotton«, meldete ich mich resignierend.

»Hallo, Jerry«, erklang Myrnas rauchige Stimme aus der FBI-Zentrale, »meine Vermutung war also richtig, daß ich Sie in Ihrem Superflitzer antreffe.«

»Myrna, Sie machen mir alles kaputt«, entgegnete ich bitter.

»Trösten Sie Ihre Beifahrerin damit, daß es auch weibliche Wesen gibt, die um diese Zeit arbeiten müssen. Wie ich zum Beispiel.«

Myrna schaltete wirklich unheimlich schnell. Und zu meiner Rechten ließ Grace ein glockenklares Lachen erklingen.

Ich kam mir richtiggehend hereingelegt vor.

»Okay«, seufzte ich, »was kann ich für Sie tun, allerliebste Myrna?«

»Im Moment leider nicht das, was Sie sich vielleicht wünschen, Jerry. Wir haben einen Fall in der Bronx. Die Mordkommission ist seit einer Stunde an der Arbeit und hat festgestellt, daß es sich einwandfrei um einen

FBI-Fall handelt. Unser Diensthabender hat sich mit dem Chef in Verbindung gesetzt, und ...«

»Mr. High hat entschieden, daß die Sache für mich ist«, ergänzte ich.

»Er läßt ausrichten, daß Sie ihn jederzeit zu Hause anrufen können, wenn Sie Näheres wissen.«

»Wir werden sehen. Wie ist die Adresse?«

»Die 242. Straße in Riverdale. Ein kleines Lokal mit dem hübschen Namen ›Sam's Corner‹.«

»In Ordnung. Ich bin schon unterwegs, auch wenn es mir mächtig gegen den Strich geht, Myrna.«

»Geben Sie sich einen Ruck, Jerry, und vertrösten Sie die Kleine auf morgen.«

Die Verbindung endete mit einem Knacken. Ich sah förmlich Myrnas hübsches Gesicht, wie es ein spöttisches Lächeln produzierte.

»Ich habe verstanden«, erklärte Grace abgekühlt. »Der große Jerry Cotton muß wieder einmal miese kleine Gangster jagen. Na ja, ich habe eben selbst schuld, daß ich mir den großen Jerry Cotton an Land gezogen habe. Mach's gut, Mister G-man, und ruf mich an, wenn du die Gangster gefangen hast!« Sie sah mich noch einmal mit einem flüchtigen Lächeln an. Dann war sie draußen, ehe ich mir eine passende Entschuldigung zurechtgesucht hatte.

Hölle und Teufel, ich kam mir verdammt schäbig vor. Aber ich konnte nichts machen. Ich hatte mir diesen Job selbst ausgesucht. Und bislang hatte ich den Entschluß noch nicht bedauert, auch wenn man manchmal glaubte, sich selbst in den Hintern treten zu müssen.

Ich sah Grace nach, bis sie im Eingang des Apartmentgebäudes verschwunden war. Dann startete ich den Jaguar und jagte Minuten später die Second Avenue hinauf in Richtung Norden.

Es war zu dieser Tageszeit kein Problem, schnell nach Riverdale zu kommen. Über den Major Deegan Boulevard erreichte ich Riverdale und kurz darauf die 242. Straße.

Ich brauchte nicht erst nach dem Weg zu fragen. Das erübrigt sich, wenn die Mordkommission irgendwo im Einsatz ist.

Der komplette Straßenzug war in Aufruhr. Männer in Hemdsärmeln, Frauen in geblümten Kitteln und Kinder, die eigentlich schon hätten schlafen sollen, bevölkerten die Bürgersteige.

Ich schaltete für alle Fälle das Rotlicht meines Jaguars ein. Hundert Yard entfernt zuckte das gleiche Rotlicht in mehrfacher Ausführung und warf gespenstische Lichtbündel an die Hauswände. Da war der kastenförmige Einsatzwagen der Mordkommission Bronx, zwei schwarzweiße Streifenwagen der uniformierten City Police, und da waren zwei neutrale Dienstwagen, deren Mausgrau ich bestens kannte.

Hinter einem der Streifenwagen parkte ich meinen Flitzer am Straßenrand und stieg aus. Die Beamten an der Absperrung ließen mich sofort durch, als ich ihnen meine ID-Card präsentierte.

›Sam's Corner‹ war eine von jenen Kneipen, die man als bürgerlich zu bezeichnen pflegte. Ein Lokal also, das John Smith und Bob Miller betraten, wenn sie sich von der Last des arbeitsreichen Tages bei einigen Glas Bier und ein paar Schnäpsen erholen wollten.

Jetzt glich dieses Lokal einem Bienenhaus. Die Fachleute von der Spurensicherung waren noch mitten im Einsatz. Für mich war diese Szenerie nichts Neues. Und dennoch ließ sie einen jedesmal frösteln. Ein Menschenleben ist eben nichts, das man in die Schablonen von Routine zwängen könnte.

Drinnen war es taghell. Die grellen Standscheinwerfer der Spurensicherer hatten für den Fotografen jeden Winkel ausgeleuchtet.

Geblendet schloß ich für einen Moment die Augen. Dann entdeckte ich Lieutenant Morgan, den Leiter der Mordkommission Bronx. Er stand hinter der Theke und hörte einem hemdsärmeligen, dicklichen Mann zu, der mit Händen und Füßen auf ihn einredete. Ich kannte Morgan. Wir hatten bereits in mehreren Fällen zusammengearbeitet.

Ich schob mich an ihn heran.

Ein freudiges Lächeln glitt über sein gebräuntes Gesicht, als er mich erkannte. »Hallo, Cotton!« Er schüttete mir spontan die Hand. »Es freut mich mächtig, daß man Sie hergeschickt hat. Bei Ihnen weiß ich, woran ich bin.«

Ich grinste verlegen. »Sie können sich vorstellen, Morgan, daß ich mich anfangs nicht im geringsten gefreut hatte, hier antanzen zu müssen. Davon kann eigentlich auch jetzt noch keine Rede sein.«

Der Lieutenant wurde ernst. »Sie haben recht. Was hier passiert ist, kann man mit vernünftigem Menschenverstand kaum noch erfassen.«

Der Dickliche neben Morgan war schweigsam geworden. Er starrte mich an wie ein Wundertier. Offenbar sah er zum erstenmal in seinem Leben einen FBI-Beamten.

»Schießen Sie los!« forderte ich den Lieutenant auf und steckte mir eine Zigarette an.

Morgan deutete auf die Kreidestriche vor der Theke, wo die Lage des Toten aufgezeichnet worden war. »Der Mann hieß Alvin Cormick, 51 Jahre alt, verheiratet, drei Kinder. Er arbeitete drüben in der Textilfabrik in Kingsbridge. Ansonsten gibt es über seine Person nichts Aufregendes zu erzählen. Nach Feierabend kam er regelmäßig hierher und genehmigte sich ein paar Drinks. So auch heute. Und dabei ist es dann passiert.«

Morgan schilderte den blutigen Vorfall ziemlich ausführlich. Er hatte genügend Augenzeugenberichte. Ich hörte aufmerksam zu und spürte, wie sich mein Magen allmählich immer mehr zusammenkrampfte. Ich zertrat die Zigarette. Sie schmeckte mir nicht mehr.

»Dieser Cormick hat sich zweifellos etwas vergaloppiert«, meinte ich, nachdem Morgan seinen Bericht beeendet hatte. »Aber so etwas als Grund für einen kaltblütigen Mord zu betrachten – ich weiß nicht, dafür fehlt mir offenbar die richtige Wellenlänge, um das begreifen zu können.«

»Wem sagen Sie das!« Morgan nickte bitter.

»Sie haben mir noch nicht gesagt, wieso es ein FBI-Fall ist«, fiel mir ein.

Morgan deutete auf den Dicklichen an seiner Seite. »Das ist Mr. Hearseley. Er wohnt ihn dieser Straße. Er hat als einziger den Mumm gehabt, auf die Straße zu rennen . . .« Morgan sah ihn auffordernd an.

»Richtig«, nickte Hearseley eifrig und sah mich ehrfürchtig an. »Wie die drei Langmähnigen draußen waren, bin ich sofort hinterher. Ich kam gerade noch rechtzeitig, um sie davonrasen zu sehen. Sie fuhren einen ziemlich neuen Schlitten. Keinen amerikanischen, wissen Sie. Ich glaube, es war ein deutscher, so einer mit 'nem dreizackigen Stern . . .«

»Ein Mercedes«, sagte ich.

»Stimmt genau, Sir. Mir lag's auf der Zunge. Aber das Wichtigste ist wohl das Kennzeichen. Ich habe es mir merken können. Lieutenant Morgan hat es sich notiert.«

»Alle Achtung«, lobte ich Hearseley. Es war wirklich

eine gute Leistung von ihm. Von derart guten Zeugenaussagen konnten wir in den meisten Fällen höchstens träumen.

Lieutenant Morgan hielt mir sein Notizbuch entgegen und tippte mit dem Zeigefinger auf die Stelle, wo er die Wagennummer notiert hatte. »Der Mercedes kam aus Pennsylvania. Damit dürfte klar sein, daß unsere Kollegen vom FBI sich der Sache annehmen müssen.«

»Ihr Scharfsinn ist umwerfend«, lächelte ich.

Ich erfuhr noch, daß die Personenbeschreibungen, die die Mordkommission von den Zeugen erhalten hatten, ziemlich genau waren. Dann bat ich Morgan, mir die Akte mit den ersten Ermittlungsergebnissen am nächsten Morgen zuschicken zu lassen.

Ich verabschiedete mich mit der Gewißheit, daß es nicht übermäßig schwierig werden würde, die Killer mit den langen Haaren zu fassen. Mr. High, den ich sofort anrief, war zwar etwas skeptischer, aber im Grunde teilte er meine Meinung.

Sue Manors zitterte am ganzen Körper.

»Tu doch was, John!« rief sie, »wir schaffen es nicht, wir schaffen es nicht!«

Der breitschultrige Mann, der ein knallrotes Baumwollhemd und weiße Jeans trug, blickte sich kurz um.

»Sie sind schneller«, stellte er fest und änderte den Kurs des Segelboots.

Die schnittige Motorjacht kam mit schäumender Bugwelle näher. John Harris wußte, daß er den Bootshafen nicht mehr erreichen würde. Die Bucht bot nicht viele Möglichkeiten für Ausweichmanöver.Er mußte auf den See hinaus. Dort hatte er vielleicht eine Chance.

Vielleicht . . .

Sue Manors klammerte sich am Eingang der kleinen Kajüte fest. Sie trug einen knappen Bikini, der ihren braungebrannten Körper voll zu Geltung brachte. Eine blaue Seglermütze hielt ihr blondes Haar zusammen. Angstvoll beobachtete sie die Motorjacht, von deren Deck sechs oder sieben Burschen in dunklen Lederjakken herüberstarrten.

Sie hatten ihnen den Weg abgeschnitten. Sue wußte, daß Johns Segelboot viel zu langsam war. Die Jacht war bullig motorisiert und äußerst wendig. Was hatten die Kerle vor? Machten sie sich nur einen Spaß aus der Verfolgungsjagd?

Auf den Wellen des Lake Erie standen winzige Schaumkronen. Der scharfe Bug des Segelboots zerteilte das tiefblaue Wasser. Sue kümmerte sich nicht um die kleinen Spritzer, die sie vereinzelt trafen.

Die Motorjacht war jetzt nur noch einen Steinwurf weit von ihnen entfernt. Dir Mann am Ruder schien äußerst geschickt zu sein. Plötzlich legte er die Jacht in einen engen Bogen und kreuzte das Kielwasser des Segelboots, das in den aufgewühlten Fluten zu tanzen begann. Schnell kam die Jacht von Backbord und holte zusehends auf.

»Verdammt!« keuchte John Harris. »Die Kerle können sich auf einiges gefaßt machen!« Sein Boot lag hart am Wind. Er sah ein, daß er keine großen Chancen hatte, den Verfolgern zu entkommen. Der schwache Hilfsmotor war geradezu lächerlich gegen die PS-Zahl der Jacht. Und ein Wendemanöver war bei der augenblicklichen Position äußerst riskant.

Seine Rechte klammerte sich fester um das Ruder. Ein kurzer Seitenblick ließ ihn zusammenzucken. Die Motorjacht war fast auf gleicher Höhe und schickte sich an, längsseits zu gehen.

»Klar zum Entern!« grölte eine Stimme.

»Klar zum Entern!« wiederholte die ganze Meute im Chor, um dann in schallendes Gelächter auszubrechen.

»John!« schrie Sue Manors entsetzt. »Sie rammen uns!«

Harris antwortete nicht. Blitzschnell überdachte er seine Lage. Dann riß er entschlossen das Ruder herum. Das Boot drehte sich fast auf der Stelle und schwenkte mit dem Heck bis knapp vor die Steuerbordseite der Jacht. Das Gelächter der Burschen machte Harris rasend. Er glaubte ihre Absicht zu erkennen und eine ohnmächtie Wut packte ihn.

Das Segel knatterte sekundenlang im Wind, um sich dann blitzartig aufzublähen. John fuhr der Schreck in alle Glieder. Er wußte, daß er einen Fehler gemacht hatte.

»Festhalten, Sue!« brüllte er.

Dann war es bereits zu spät. Das Boot kenterte, wie von einer Riesenfaust zur Seite gedrückt. Scheinbar im Zeitlupentempo neigte sich der Mast. Im nächsten Moment klatschte das Segel aufs Wasser. Harris verlor den Halt und tauchte unter.

Sue Manors klammerte sich am Eingang der Kajüte fest. Ihre Beine hingen im Wasser. Es gelang ihr, mit der Linken den Mast zu erreichen. Mit äußerster Anstrengung zog sie sich hoch. Keuchend hielt sie inne. Im gleichen Moment kroch ihr ein Schauer über den Rücken.

»He, Baby!« scholl es von der Jacht herüber, die jetzt im leichten Wellengang dümpelte. »Keine Angst, wir retten dich!« Und wieder dieses ekelhafte Gelächter. Sue fröstelte. Panikartig blickte sie sich nach allen Seiten um. Meilenweit war kein anderes Boot zu sehen.

»John!« rief sie mit zitternder Stimme. »John, bitte hilf mir!«

»Ich komme!« hörte sie seine Stimme. »Warte, ich komme!«

Sie wandte den Kopf und sah, daß er etwa drei bis vier Yard weit abgetrieben war. Er begann auf das Boot zuzuschwimmen.

Ein Schuß krachte über die Wasseroberfläche.

Sue war sekundenlang wie gelähmt. Dann erst stieß sie einen gellenden Schrei aus. Einer der Lederjacken-Typen stand an der Reling und zielte mit einem schweren Revolver auf Johns Kopf.

»Bleib, wo du bist, Freundchen!« rief er. »Der nächste Schuß kommt genauer an!«

John Harris verzichtete darauf, den Helden zu spielen. Er wußte, daß es keinen Zweck hatte. Er schwamm auf der Stelle. Unter Wasser ballte er die Fäuste.

»So ist es brav«, freute sich der Bursche mit dem Revolver »Los, Jungs holt sie rüber!«

Sue Manors sah mit schreckgeweiteten Augen, wie zwei der Burschen ihre Lederjacken abstreiften und mit einem Satz über die Reling sprangen. Einen Atemzug später tauchten sie grinsend vor ihr auf. Sue erkannte, daß beide noch sehr jung waren. Der eine hatte dunkles Haar und einen dünnen Vollbart; der andere trug eine ungepflegte pelzige Mähne, die jetzt in wirren Strähnen an seinem Kopf klebte.

»Nein!« schrie Sue. »Verschwinden Sie! Was wollen Sie von mir?«

Der mit dem Vollbart schnaufte prustend. »Dich wollen wir, Baby. Dich, mehr nicht.«

Und dann kamen sie näher.

Sue Manors wollte schreien. Doch ihre Stimmbänder versagten. In ihrem Gesicht spiegelten sich Unglauben und Entsetzen zugleich. Mit weit aufgerissenen Augen starrte sie den beiden jungen Männern entgegen, die sich mit kraftvollen Schwimmbewegungen dem Boot näherten. Sue war wie gelähmt. Ihre Hände umklammerten den Mast oberhalb der Kajüte. Das Segel wogte unter Wasser im leichten Wellengang.

Der Vollbärtige kam um das Heck des gekenterten Segelboots herum und tauchte. Sekundenbruchteile später schoß er unmittelbar neben dem Mädchen aus dem Wasser. Seine Rechte klatschte auf ihre Hüfte. Es traf Sue wie ein elektrischer Schock. Sie zuckte zusammen und konnte es nicht verhindern, daß ihre Hände sich vom Mast lösten. Mit einem spitzen Aufschrei sank sie vor der grinsenden Visage des Vollbärtigen ins Wasser.

Sie kam keuchend wieder hoch und schnappte nach Luft. Im gleichen Moment spürte sie harte Fäuste, die sie an den Oberarmen packten. Auch der zweite Bursche war jetzt aufgetaucht. Er hatte sich die blaue Seglermütze des Mädchens auf seine ungepflegte Mähne gestülpt.

»Hilfe!« schrie Sue entnervt. »John! Hilf mir doch!« Sie schlug wild mit den Beinen um sich. Es nützte nichts. Die beiden Kerle waren hervorragende Schwimmer.

»Dein treuer Freund macht sich eher die Hosen voll«, grinste der Vollbärtige. »Von ihm hast du keine Hilfe zu erwarten, Baby. Der ist froh, wenn wir weg sind, damit er nicht mehr vor der Kanone zittern muß!«

»Sie Scheusal!« schluchzte Sue. Ihre verzweifelte Gegenwehr half ihr nicht im geringsten. Scheinbar spielerisch zogen ihre Bezwinger sie durch das Wasser. Einen Moment lang sah sie John, dessen wutverzerrtes Gesicht zwischen den Wellen auf und ab zu tanzen schien. Dann tauchte vor ihr der weiße Rumpf der Jacht auf.

Harte Fäuste streckten sich über die Reling und zerrten sie hoch. Sues Kräfte waren erlahmt. Ihre Nerven spielten nicht mehr mit. Apathisch ließ sie sich über das Deck schleifen, begleitet vom glucksenden Gelächter ihrer Peiniger. Sie wurde drei oder vier Treppenstufen hinuntergestoßen und flog in die Arme eines Mannes, dessen Atem nach süßlichen Zigarettenrauch und Whisky roch.

Ruckartig landete Sue im nächsten Moment in den weichen Wildlederpolstern einer flachen Couch. Verwirrt rieb sie sich die tränenden Augen. Überdeutlich schob sich das bösartige Lächeln von drei Gesichtern in ihr Blickfeld. Im Unterbewußtsein nahm sie die aufwendige Einrichtung der geräumigen Kajüte wahr. Teppichboden, Wildledersessel.

»Sicher hat sie Wasser geschluckt«, meinte einer mit gespielte Besorgnis.

Sue blinzelte. Sie wußte nicht, wer es gesagt hatte. Alle drei hatten sie lange Haare, der eine blond, die beiden anderen dunkler. Der Blonde schien eine Art Anführer des Trios zu sein. Seine Miene und sein Auftreten ließen darauf schließen.

»Wir sollten ihren Mageninhalt veredeln, Hank«, brummte einer der Dunkelhaarigen, die wie Brüder aussahen.

Der Blonde nickte. »Du hast recht, Jimmy. Hol die Flasche!« Er ließ den Blick nicht von Sue Manors. Seine Fingerkuppen glitten sanft über ihre Oberarme und Schultern.

»Du hast eine Gänsehaut, Baby«, stellte er fest. »Wir sorgen dafür, daß dir warm wird.«

Sue starrte ihn schreckensbleich an. Sein braungebranntes Gesicht war scharfgeschnitten und schmallippig, die stahlblauen Augen kalt und stechend. Das strohblonde Haar reichte ihm bis auf die muskulösen Schultern. Er trug ein kurzärmeliges weißes Polohemd und verwaschene blaue Jeans.

»Bitte . . . bitte lassen Sie mich . . . ich habe Ihnen doch nichts getan . . .«, stammelte Sue tonlos.

»Du nicht, Baby, das stimmt.« Der Blonde grinste unverschämt. »Aber dein lieber John war so unvernünftig, nicht das zu tun, was wir wollten. Dein Pech, Baby, daß du jetzt seine Suppe auslöffeln mußt.« Seine Finger näherten sich ihren Brüsten, die von dem knappen Oberteil ihres Bikinis nur zu einem Drittel verdeckt wurden.

Sue wollte zurückweichen. Doch die Lehne der Couch gab nicht nach. »Bitte!« flehte sie verzweifelt. »Ich weiß doch überhaupt nicht, was Sie mit John zu tun haben. Sie können doch nicht . . .«

»Und wie wir können!« höhnte der Blonde, den sie Hank nannten. »Du wirst es gleich merken. Und ich denke, du wirst begeistert sein. Bislang ging das allen Girls so, die wir in der Mache gehabt haben. Garantiert machst du keine Ausnahme, Baby. Wetten?« Seine Finger glitten weiter und prüften die Festigkeit ihrer Brüste. Ein zufriedener Ausdruck glitt über sein Gesicht. Sue zitterte am ganzen Körper.

Die beiden Dunkelhaarigen tauchten mit einer Flasche Bourbon auf, die sie aus der Kombüse der Jacht geholt hatten.

»Moment noch, Jungs.« Der Blonde zog ein Stilett aus der Gesäßtasche seiner Jeans. Er ließ es aufschnappen. Das Sonnenlicht, das durch die dünnen Vorhänge der Bullaugen drang, erzeugte matte Reflexe auf dem vernickelten Stahl.

Sue Manors hob abwehrend die Hände. »Nein!« schrie sie schrill. »Nein, um Himmels willen, nein!« Sie war einer Ohnmacht nahe. In ihren aufgerissenen Augen stand blanke Furcht.

»Keine Angst, Baby« erklärte der Blonde beruhigend. »Dir passiert überhaupt nichts.« Noch während das letzte Wort über seine schmalen Lippen kam, schoß seine Rechte ruckartig vor. Ehe Sue reagieren konnte, schob sich die kalte Klinge des Stiletts zwischen ihre Brüste. Brutal riß der Blonde das Messer zu sich heran. Der rasiermesserscharfe Stahl zertrennte das dünne Verbindungsstück des Bikinioberteils spielerisch leicht.

Das Mädchen zuckte zusammen, wie vom Blitz getroffen. Verzweifelt versuchte es, die Blöße zu bedekken. Der Blonde war schneller. Blitzartig riß er das winzige Kleidungsstück von ihrem Oberkörper.

Panikartig sprang Sue auf.

Ihre Vernunft war nicht mehr intakt. Du mußt fliehen! schrie ein Instinkt in ihr. Das ist deine letzte Chance. Es gab keine warnende Stimme mehr in ihr, die ihr sagte, daß Flucht das sinnloseste war, was sie in diesem Moment tun konnte.

Es geschah innerhalb von Sekundenbruchteilen. Sue fühlte ihren Oberkörper zurückgerissen. Harte Fäuste bogen ihre Arme auf den Rücken. Sie schrie schmerzerfüllt auf. Dann sah sie die stechenden Augen des Blondes vor sich, der demonstrativ die Whiskeyflasche entkorkte. Panikartig warf Sue den Kopf zur Seite.

Plötzlich war wieder die Klinge da. Sue sah die tödliche Waffe in ihren Augenwinkeln aufblitzen.

»Mach den Mund auf, Baby!« zischte der Blonde. »Ich rate dir dringend, den Begrüßungsschluck nicht zu verweigern! Andernfalls könnte ich auf die Idee kommen, dein hübsches Gesichtchen mit ein paar häßlichen Schmissen zu verunzieren!«

Im gleichen Moment spürte Sue ein leichtes Stechen in ihrer linken Wange.

Sie wagte nicht, sich zu bewegen. »Ich tu's«, schluchzte sie tonlos. »Nehmen Sie das Messer weg!«

»Das hört sich schon besser an«, spottete der Blonde. Er zog das Messer von ihrer Wange weg, ließ die Hand mit dem Stilett jedoch abwartend auf ihrer Schulter ruhen. Mit der Linken hob er die Whiskeyflasche an ihre Lippen. Sue schloß angewidert die Augen.

Die scharfe Flüssigkeit rann wie Feuer durch ihre Kehle, füllte glühend jeden Winkel ihres Mundes aus und sammelte sich im Magen zu einem heißen Klumpen, der ihren Körper von innen zu verbrennen schien. Ohne daß sie es verhindern konnte, revoltierten ihre Geschmacksnerven und verursachten einen unbezwingbaren Hustenreiz. Prustend brach es aus ihr hervor. Der Whiskey ergoß sich über ihren nackten Oberkörper. Im gleichen Moment verstärkte sich der Druck der Fäuste, die ihre Arme auf dem Rücken zusammenhielten.

»Aber, aber«, mahnte der Blonde ölig. »Wer wird denn unseren Begrüßungsschluck verweigern!« Erneut preßte er den Hals der Flasche zwischen ihre Lippen. Sue schluckte krampfhaft. Ihr blieb keine andere Wahl. Das Übelkeitsgefühl in ihr wuchs. Nach endlosen Minuten, die ihr wie eine Ewigkeit vorkamen, war es plötzlich vorbei. Der Blonde hob die Flasche hoch und betrachtete sie grinsend. Sie war fast leer.

»Das soll genügen«, meinte er. »Den Rest heben wir uns für später auf, Baby.« Er stopfte den Korken in die Flasche und ließ sie achtlos auf den Teppichboden fallen.

Sue Manors spürte, wie ihr die Sinne schwanden. Der Brechreiz verursachte ein Würgen in ihrer Kehle, doch er reichte nicht aus, um die brennende Flüssigkeit aus ihrem Magen hochzuholen. Die Schleier vor Sues Augen verdichteten sich. Die höhnische Visage des Blonden zerfaserte zu einer ekelerregenden Fratze, die sich in feurigroten Kreisen auflöste. Sue verlor das Gleichgewicht. Sie spürte noch die Fäuste, die sie packten und auf die Wildlederpolster warfen.

Dann schien es, als erlebte sie alles wie aus weiter Ferne. Die gierigen Hände, die über ihren Körper glitten und sie ihres letzten Kleidungsstücks beraubten, der schnelle, keuchende Atem der Männer und das wilde Brennen, das sich immer mehr in ihrem Körper ausbreitete – alles schien beinahe so, als ob sie nicht daran beteiligt war. Ein mattes Gefühl der Gleichgültigkeit erfüllte sie. Sie verspürte nur noch den Wunsch, zu schlafen. Ihre unmittelbare Umgebung versank im Dunkeln. Nach wenigen Sekunden hatte Sue Manors das Bewußtsein verloren.

Als sie aufwachte, hörte sie Gelächter. Sie hatte noch Zeit, die chromblitzende Reling vor ihren Füßen zu sehen. Dann bekam sie einen Stoß in den Rücken, der sie vornüber stürzen ließ.

Das kalte Wasser, das über ihr zusammenschlug, ließ ihre Sinne wach werden. Instinktiv begann sie zu schwimmen. Nach oben, nach oben! hämmerte es in ihr. Sie schaffte es. Das Holz der gekenterten Segeljacht tauchte vor ihr auf. Mit letzter Kraft packte Sue zu und fand Halt.

Der schwere Innenborder der Motorjacht dröhnte auf. Mit schäumender Heckse schob sich das schnittige Wasserfahrzeug außer Sichtweite.

Erst jetzt spürte Sue, daß John in ihrer Nähe war. Mit zwei, drei raschen Schwimmzügen war er bei ihr und half ihr auf die Außenbordwand des gekenterten Boots.

Er selbst zog sich auf die Seitenwand der kleinen Kajüte.

Sue schaffte es nicht mehr, die Augen zu öffnen. Als John Harris sich über sie beugte, hatte sie erneut das Bewußtsein verloren.

Mit brennenden Augen starrte er der Motorjacht nach, die am Horizont verschwand.

»Ihr Bestien!« preßte er hervor. »Ihr gottverdammten Bestien! Wenn doch endlich einer käme, der euch euer teuflisches Handwerk legt!«

Der Morgen roch nach frischer Erde und perlenden Tautropfen, die auf Blumen, Büschen und Bäumen zu verdunsten begannen. Die Sonne, von dünnen Wolkenfetzen zeitweise verhüllt, erzeugte ein spärliches und unwirkliches Licht. Der Horizont über dem Eriesee hatte sich verfinstert und kündigte Regen an. Aufkommender Wind fegte durch die Straßen der Stadt, die an diesem Tag stiller war als sonst.

Fairview, eine typische amerikanische Kleinstadt mit ungefähr zehntausend Einwohnern, liegt unmittelbar am Südostufer des Eriesees, und zwar an jenem etwa fünfzig Meilen langen Uferabschnitt, der zum US-Bundesstaat Pennsylvania gehört. Fairview besteht im wesentlichen aus einer Hauptstraße, an der die Geschäfte und einige Supermärkte liegen, und aus einer größeren Anzahl von Wohnstraßen, die fast alle von ihr abzweigen. An diesem Tage wurden in den Häusern der Wohnstraßen das Licht schon sehr früh angeknipst.

Nur wenige Fahrzeuge belebten das Bild der kleinen Stadt. Eine gedrückte Stimmung schien über den Häusern und ihren Bewohnern zu lasten.

Der orangefarbene Clubman-Mini rollte mit dumpf dröhnendem Motor durch die Lincoln Street, die Hauptstraße von Fairview. Das tiefe Wummern, das aus dem Auspuff des kleinen Fitzers drang, ließ die Fensterscheiben erbeben.

Die Lincoln Street mündet in das Hafengelände von Fairview. Kurz vorher bog der Mini nach rechts ab und erreichte nach wenigen Minuten den Stadtrand. Hinter den Häusern tauchte die blaue glitzernde Wasserfläche des Eriesees auf.

Dicke Regentropfen begannen auf die Windschutzscheibe zu klatschen. Das Mädchen schaltete die Scheibenwischer ein und erhöhte das Tempo.

Randy Berwyn hatte seidig glänzendes blondes Haar, das ihr in sanften Schwingungen bis auf die Schultern fiel. Ihre ebenmäßigen, zarten Gesichtszüge erinnerten an die Vollendung altgriechischer Bildhauerarbeit.

Kein Muskel regte sich in Randy Berwyns Gesicht. Dennoch drückte es ein Höchstmaß an Ärger und Empörung aus.

Auf der asphaltierten Landstraße, die unmittelbar am Seeufer entlang nach Norden führte, herrschte nur geringer Fahrzeugverkehr. Zur Rechten erschien knapp eine Meile außerhalb der Stadt die Silhouette der Papierfabrik, deren riesiger Schornstein von feuchten Dunstschwaden umgeben war. Eine Betonfahrbahn zweigte von der Straße ab und führte zu den eingezäunten Fabrikanlagen.

Die roten Lettern über dem Portal des Werks waren selbst vom See aus noch deutlich zu entziffern: ›Berwyn Pulp & Paper Industries‹. Das Mädchen blickte unbeirrt nach vorn durch die Windschutzscheibe und jagte den Mini weiter nach Norden.

Etwa zweihundert Yard weiter machte die Landstraße einen Bogen, der vom See weg ins Landesinnere führte. Randy Berwyn verringerte die Geschwindigkeit des Flitzers und betätigte den Blinker. Routiniert kurbelte sie das Lenkrad nach links und bog in eine schmale Zufahrt ein, die von schlanken Pappeln umsäumt wurde. Dahinter erstreckte sich zu beiden Seiten ein parkähnlich gestaltetes Grundstück, dessen Ausmaße an den Kennedy-Airport in New York erinnerten. Die Zufahrt machte eine Linkskurve und endete vor einem mehr als mannshohen Stahltor.

Randy stoppte und drückte einen Knopf am Armaturenbrett ihres Wagens. Das ausgelöste elektronische Signal ließ das schwere Tor lautlos zur Seite gleiten. Als der Mini die Einfahrt passiert hatte, schloß es sich ebenso lautlos wieder.

Randy Berwyn ließ ihren Flitzer auf dem Vorplatz der Villa ausrollen, deren Größe mit jedem schottischen Castle hätte konkurrieren können. Auch in der Architektur des wuchtigen Gebäudes erinnerte vieles an eine mittelalterliche Burg – nur mit dem Unterschied, daß die klotzige Fassade mit ihren eigenwillig gestalteten Winkeln und Vorsprüngen aus Beton war und nicht aus handgehauenen Quadersteinen.

Ein glatzköpfiger Butler, der in jede schottische Adelsfamilie gepaßt hätte, tauchte wie auf Bestellung in dem geöffneten Eingangsportal auf. Der grimmige Blick, mit dem das Mädchen auf ihn zustürmte, ließ ihn die Stirn runzeln.

»Wo steckt Mortimer?« fauchte sie ihn an.

Der Butler hüstelte. »In seinem Zimmer, Miß Berwyn«, erwiderte er pikiert.

Randy nickte nur. Sie eilte in die Halle, deren etwa hundert Quadratyard umfassender Teppichboden jeden Schritt verschluckte. An den mit dunklem Holz getäfelten Wänden schimmerten Wandlampen, die ein gelbliches Licht und Museumsatmosphäre verbreiteten.

Das Mädchen hastete die breiten Treppenstufen hinauf, die ins obere Stockwerk führten. Ihre enganliegenden weißen Jeans aus Feinkord und die dunkelblaue Polobluse bildeten einen wirkungsvollen Kontrast zu den mannshohen Gemälden, die in Reih und Glied die Wand vom Erdgeschoß bis zum ersten Stock zierten. Die Vorfahren der Familie Berwyn blickten aus Samt und Rüschen über das schlanke junge Mädchen mit den ausgeprägten weiblichen Formen hinweg.

Ohne anzuklopfen stieß Randy die Eichentür auf, die dem Treppenabsatz gegenüberlag. Mit der Türklinke in der Hand verharrte sie einen Moment. Ihre hellblauen Augen funkelten vor Zorn.

Mortimer Berwyn hob erstaunt den Kopf. Er ließ die Zeitung auf den Tisch sinken und verzog die Mundwinkel zu einem spöttichen Lächeln.

»Hallo, Schwesterherz!« Aus seiner spröden Stimme klang nicht die geringste Gefühlsbewegung.

»Ich verlange, daß du zum Sheriff gehst und die Sache aufklärst!« Randy stieß es wütend hervor. Zur Untermalung knallte sie die Tür hinter sich ins Schloß.

Sein Lächeln wurde um einen Grad spöttischer. »Mir scheint, du bist etwas wirr im Kopf, Schwesterherz. Vielleicht verrätst du mir, was ich beim Sheriff soll und welche Sache ich dort aufklären soll.«

Randy war mit zwei schnellen Schritten bei ihm und riß die Zeitung vom Tisch. Ihr Zeigefinger tippte energisch auf die Titelseite. »Willst du etwa behaupten, du wüßtest von der Sache nichts?«

Ihr Bruder zog die Augenbrauen hoch. Mit gespieltem Interesse lenkte er seinen Blick auf die Meldung, auf die Randys Finger zeigte. »Aha, das meinst du also. Hm, Segelboot gekentert, Sue Manors, John Harris ... ach, die beiden, hm, nach drei Stunden gefunden worden ... Krankenhaus ... wegen Unterkühlung.« Er hob den Kopf und sah sie grinsend an. »Ich weiß nicht, was du willst, Schwesterherz. Die beiden können sich doch freuen, daß man sie gefunden hat. Ich hab' schon von Leuten gehört, die tagelang als Schiffbrüchige auf dem Erie getrieben sind, bevor sie gerettet wurden.«

Randys Stimme senkte sich zum Flüsterton. »Du bist ein Schuft, Mort. Ein hinterhältiger gemeiner Schuft. Ich will dich nicht als Verbrecher bezeichnen, weil wir immerhin den gleichen Namen tragen. Aber ich garantiere dir, daß du eines Tages dort enden wirst, wo alle Verbrecher enden.«

»Oho!« Mortimer Berwyn legte seine braungebrannten Gesichtszüge in belustigte Falten. »Das sind ja herrliche Zukunftsaussichten, Schwesterherz. Du solltst dir eine Kristallkugel anschaffen und über die Jahrmärkte ziehen.« Wie aus einer Eingebung heraus sprang er auf. Grübelnd ging er zum Fenster, drehte sich abrupt um und sah Randy ernst an. »Laß mich überlegen. Mörder werden in Pennsylvania auf dem elektrischen Stuhl hingerichtet. Das heißt, sie wurden. In den letzten zwei Jahren haben sie meines Wissens keinen mehr geröstet. Ist es vielleicht das, was du mir prophezeist?«

Randy ging nicht darauf ein. »In der Zeitungsmeldung steht praktisch nichts. Aber die ganze Stadt redet darüber. Nur wagt es keiner, etwas laut auszusprechen. Willst du mir beispielsweise weismachen, daß du nicht wüßtest, was mit dieser Sue Manors wirklich passiert ist?« Mortimer zuckte die Achseln. »Sorry. Ihren Namen hab' ich mal irgendwo gehört. Das ist alles, Schwesterherz. Tut mir leid.«

»Sie ist vergewaltigt worden!« schrie Randy erregt. »Sie hatte eine Alkoholvergiftung, und sie war völlig unterkühlt. Genügt dir das?«

»Dumme Frage.« Mortimer Berwyn blieb völlig gelassen. »Tut mir zwar leid, was mit dem Girl passiert sein soll. Aber ich weiß nicht, wieso du mir das alles erzählst.«

Randy ballte die Fäuste, daß die Knöchel weiß hervortraten. Mit ihrer Beherrschung war es endgültig vorbei. »Eins verspreche ich dir, Mort! Wenn Sue Manors es nicht überleben sollte, oder wenn sie nicht wieder völlig gesund wird . . . dann gehe ich selbst zum Sheriff. Und ich werde alles tun, damit er dir dein dreckiges Handwerk legt. Du glaubst, du hättest eine Freikarte für alles. Du glaubst, du kannst dir in dieser Stadt alles erlauben. Bisher sind sie alle ins Mauseloch gekrochen, weil dir niemand etwas beweisen kann. Und weil keiner den Mut hat . . . Aber ich werde den Mut haben, Mortimer Berwyn! Darauf kannst du dich verlassen. Das ist eine Prophezeiung, die du hundertprozentig ernst nehmen kannst!«

Mortimers Gesicht war zu einer steinernen Maske geworden. Es war die einzige Reaktion, die er zeigte. Unverhohlener Haß spiegelte sich in seinen Augen. »Hüte deine Zunge, Randy!« zischte er kaum hörbar. »Sonst könnte es eines Tages sein, daß ich deine Worte tatsächlich ernst nehme.«

»Du wirst sie ernst nehmen müssen.« Randy machte auf dem Absatz kehrt. Die Tür knallte sie hinter sich absichtlich laut ins Schloß.

Sie wollte die Treppe hinunterlaufen. Auf den obersten Stufen stockte sie für einen Moment. Dann setzte sie ihre Schritte fort.

Ihr Vater blickte ihr von unten stumm entgegen.

Hamish Berwyn hatte einen kantigen Schädel mit eisgrauem Borstenhaar. Das eckige Kinn drückte Energie und eiserne Entschlossenheit aus. Seine stahlblauen Augen, die unter buschigen Brauen hervorstachen, hatten einen harten Glanz.

Randy fiel ihm in die Arme. »Oh, Dad!« schluchzte sie. »Ich hasse ihn, Dad. Ich kann nichts dafür.«

Er strich ihr sanft über das Haar. »Reg dich nicht auf, Randy. Es hat keinen Sinn. Nur die Zeit wird eine Lösung bringen.«

Lieutenant Morgan und seine Leute hatten prompte Arbeit geleistet. Pünktlich zum morgendlichen Dienstbeginn lag die Akte mit den ersten Ermittlungsergebnissen auf meinem Schreibtisch. Der ärztliche Befund war eindeutig. Der Fabrikarbeiter Alvin Cormick war durch einen Messerstich gestorben, der ihn ins Herz getroffen hatte. Es war nicht anzunehmen, daß die Obduktion noch ein anderes Ergebnis bringen würde.

Am wertvollsten war für mich zur Zeit eine Aktennotiz, die das Fahrzeug der Täter betraf. Ich wußte bereits, daß der Mercedes, den der Zeuge beobachtet hatte, aus Pennsylvania gekommen war. Lieutenant Morgan hatte aber inzwischen festgestellt, auf wessen Namen die deutsche Limousine zugelassen war.

Hank Bellini, Fairview, 124 Niagara Street, Pennsylvania, las ich stirnrunzelnd. Wie waren die Zusammenhänge? Unter normalen Umständen, wie sie für Fälle in New York als Maßstab galten, hätte ich angenommen, daß der Wagen gestohlen worden war.

Das runde Dutzend Zeugenaussagen jedoch, das die Mordkommission zu Protokoll genommen hatte, machte eine solche Vermutung zumindest zweifelhaft.

Alle Zeugen bestätigten übereinstimmend, daß die drei Langhaarigen einen unbekannten Akzent gesprochen hatten. Also keine New Yorker.

Nach allem, was ich bisher in meiner Laufbahn beim FBI erlebt hatte, erschien es mir reichlich unwahrscheinlich, daß dieser Hank Bellini der Mörder oder einer der beiden Freunde des Mörders war. Außerdem war das unbekannte Trio so geschildert worden, wie man sich junge Männer um die fünfundzwanzig herum vorstellt. Und nicht jeder US-Bürger besitzt in dem Alter schon eine derart exotische und teure Luxuslimousine.

Ich grübelte darüber nach und schlürfte den brühheißen Kaffee, den ich mir aus der Kantine besorgt hatte. Wo sollte ich den Hebel ansetzen? In New York? Nachforschungen über Alvin Cormick, das Opfer, würden mich nicht weiterbringen. Alles, was ich über ihn wissen mußte, stand bereits in der Akte. Daß er mit den Tätern in Verbindung gestanden hatte, war nach den ersten Ermittlungen auszuschließen.

Mitten in meine tiefschürfenden Gedankengänge platzte Phil. Mein Freund und Kollege hatte nach anstrengendem Nachtdienst verständlicherweise die Zeit verschlafen. Er war mit der Subway nachgekommen.

Sein Gesicht ließ auf schlechte Laune schließen. Er murmelte einen Gruß und verschanzte sich hinter seinen Akten.

Ich ließ ihn in Ruhe. Ich wußte, daß sich seine miese Laune von selbst bessern würde. Wir waren aufeinander eingespielt. Auch in solchen Situationen. Jeder von uns wußte jederzeit, wie er den anderen zu nehmen hatte. Vielleicht war das das Geheimnis für die unbestrittene Tatsache, daß wir vor allem als Kollegen unzertrennlich waren. Ein verläßliches Zwei-Mann-Team, das mehr als eine Bewährungsprobe hinter sich hatte. Auch Mr. High wußte das und koordinierte unsere Einsätze nach Möglichkeit entsprechend.

Ich schnappte mir den Telefonhörer und bat Helen, Mr. Highs Sekretärin, um eine Unterredung mit dem Chef. Es klappte. Der Chef hatte ausnahmsweise einmal keine Besucher, mit denen er sich sonst pausenlos herumschlagen muß.

Phil sah kaum auf, als ich unser gemeinsames Büro verließ.

Zur Begrüßung reichte ich Mr. High die Akte. »Die ersten Ermittlungsergebnisse von Lieutenant Morgan«, kommentierte ich.

Der Chef bot mir einen seiner Besuchersessel an und studierte kurz, aber aufmerksam den Inhalt des Schnellhefters. »Allem Anschein nach ein recht eindeutiger Fall«, meinte er.

Ich berichtete ihm von meinen Überlegungen, die den Mercedes und dessen Eigentümer betrafen.

Mr. High nickte. Die Andeutung eines Lächelns kerbte sich in seinen Mundwinkel. »Ihre Gedankengänge sind nicht von der Hand zu weisen, Jerry. Es ist ganz einfach: Nehmen Sie die nächste Maschine nach Fairview, falls es dort einen Flughafen gibt.«

»In Ordnung, Sir. Ungünstigstenfalls werde ich in der nächsten größeren Nachbarstadt landen müssen.«

»Vergessen Sie Phil nicht, Jerry. Er wird Sie selbstverständlich begleiten. Allein möchte ich Sie nicht auf die Reise schicken.«

Es war mir durchaus nicht unangenehm, diesen Wunsch des Chefes zu erfüllen. Ob Phil allerdings in seiner augenblicklichen Verfassung zu einem Trip per Flugzeug aufgelegt war, wagte ich zu bezweifeln.

Dennoch ging ich hinüber in unser Büro und teilte es ihm so schonend wie möglich mit.

Erstaunlicherweise reagierte Phil ganz anders darauf, als ich es erwartet hatte. Er räumte seine Aktenberge beiseite und sah mich erfreut an. »Genau das richtige«, strahlte er. »Der Büromief wäre heute geeignet gewesen, mich um den Verstand zu bringen.«

Wir packten unsere Utensilien zusammen und meldeten uns bei der Zentrale ab. Anschließend fuhren wir im Eiltempo nach Hause. Eine halbe Stunde später trafen wir uns an der gewohnten Ecke. Reisefertig.

Den Jaguar hatte ich in der Garage zurückgelassen. Für die Fahrt zum La-Guardia-Airport nahmen wir ein Taxi. In der Empfangshalle stöberten wir nach kurzem Suchen die Fluglinie auf, die den Nordwesten von Pennsylvania bediente.

Wir erfuhren, daß es zwar die Stadt Fairview gab, daß diese Stadt aber beleibe nicht über ein Flugfeld für Verkehrsmaschinen verfügt. Wir mußten uns damit begnügen, in Erie, der nächsten größeren Stadt, zu landen. Knapp zwanzig Meilen von Fairview entfernt.

Wir brauchten nur eine halbe Stunde zu warten. Dann erwischten wir einen zweistrahligen Düsenjet, der uns innerhalb weniger Minuten aus der Dunstglocke von New York entführte.

Die Westseite der Villa gab den Blick auf die ausgedehnte Wasserfläche des Lake Erie frei. Irgendwo am dunstverschleierten Horizont war das jenseitige Ufer zu ahnen, das zu Kanada gehörte. Bei guter Sicht konnte man es mit dem Fernglas erkennen.

Mortimer Berwyn kannte den Eriesee so gut wie sonst kaum jemand. Er wußte auch, wie man auf dem

Wasserweg ungesehen und ohne Zollformalitäten nach Kanada kam. Nur glaubte er nicht im entferntesten daran, daß er dieses Wissen jemals würde verwerten müssen.

Seine ohnehin schmalen Lippen waren zu einem dünnen Strich zusammengepreßt, die dunklen Augen des jungen Mannes mit den langen, fast schwarzen Haaren starr auf das Wasser gerichtet. Jeder Muskel seines durchtrainierten Körpers wirkte in diesem Moment völlig entspannt. Dennoch ging eine Unruhe von ihm aus, die förmlich die Luft in seinem Zimmer vibrieren ließ.

Unvermittelt wandte er sich vom Fenster ab. Mit einem entschlossenen Ruck zog er die kurze, blousonartige Segeltuchjacke vom Garderobenhaken und streifte sie über. Ohne sich noch einmal umzudrehen, verließ Mortimer Berwyn den Raum.

In der Garage wartete ein Jaguar auf ihn. Metallicblau und erst ein Jahr alt. Dennoch hatte Mortimer den rassigen Sportwagen die längste Zeit gefahren. Den Auftrag für den neusten Jaguar Typ E mit Zwölfzylindermotor hatte er bereits vor einem Monat erteilt. Es sollte allerdings noch etliche Wochen dauern, bis das Fahrzeug von jenseits des Atlantiks in den Staaten eintreffen würde.

Die Vorliebe für britische Autos war das einzige, was Mortimer von seinem Stiefvater bedingungslos übernommen hatte. Neben dem Jaguar und Randys Clubman-Mini gehörten ein Rolls-Royce Silver Shadow und ein Bentley zum Fuhrpark der Familie.

Mortimer Berwyn schwang sich in seinen Jaguar. Er wußte, daß Randy und der Alte ihn von irgendeinem Fenster aus beobachteten, als er losjagte. Es kümmerte ihn nicht. Überhaupt scherte es ihn einen Dreck, was sie von ihm hielten. Er lebte sein eigenes Leben, und er dachte nicht daran, sich Vorschriften machen zu lassen. Von niemandem. Schon gar nicht von Randy. Die Tatsache, daß er zur Familie Berwyn gehörte und von ihrem Geld lebte, betrachtete Mortimer als puren Zufall. Er hätte von heute auf morgen darauf verzichtet, notfalls. Doch der Alte konnte es sich natürlich nicht leisten, seinen guten Namen durch einen Burschen verderben zu lassen, der zwar nur der Sohn seiner Frau aus erster Ehe war, aber dennoch den Ruf der Familie in Mißkredit ziehen konnte, wenn er abhaute. Unter dem Deckmantel scheinbaren guten Einvernehmens ließ sich so etwas nach außen hin schon besser deichseln. Mortimer mußte bei diesem Gedanken grinsen. Trotz der Wut, die er hatte.

Vor der Einfahrt drückte er den Knopf, der das schwere Stahltor wie von Geisterhand bewegt zur Seite gleiten ließ. Dann jagte er auf die Landstraße zu.

Von der Villa aus konnte ihn jetzt niemand mehr beobachten. Mortimer dachte nicht daran, nach Fairview zu fahren. Statt dessen lenkte er den Jaguar nach Norden, wo die Gegend von Meile zu Meile öder wurde.

Die Straße wand sich durch sumpfiges Brachland, das zum See hin von einer üppig wuchernden Flora bedeckt war. Wildes Gelände, unkontrolliert und unbezähmbar seit Jahrhunderten. Mortimer liebte diese Landschaft. Und er kannte sie wie seine Westentasche. Fremde mußten angesichts der Sümpfe kapitulieren. Für ihn war es ein Kinderspiel, die Wege zu finden. Jene schmalen Pfade, auf denen man gefahrlos die offene Wasserfläche erreichen konnte.

Etwa fünf Meilen von der Villa entfernt, verlangsamte Mortimer Berwyn das Tempo. Das Gelände zu beiden

Seiten der Straße war eben. Mehr als mannshohe Büsche an den Fahrbahnrändern versperrten jedoch den Blick.

Kurz vor einer scharfen Rechtskurve drosselte Mortimer die Geschwindigkeit bis zum Schrittempo. Er wartete, bis er absolut sicher war, daß kein anderes Fahrzeug in der Nähe war. Dann zog er den Jaguar nach links auf die andere Fahrbahnseite und steuerte zielstrebig in eine Lücke zwischen den Büschen, die gerade so breit war, daß der Wagen eben hindurchpaßte.

Zweige schlugen prasselnd auf das Karosserieblech. Die breiten Gürtelreifen mahlten im weichen Untergrund. Etwa zwanzig Yard weit rollte der Jaguar über den schmalen Weg, der durch die Buschlandschaft seewärts führte. Dann stoppte Mortimer vor einer grünen Wand, die plötzlich vor ihm den Weg versperrte. Er stieg aus und machte sich an den Büschen zu schaffen.

Mit wenigen Handgriffen hatte er das Lattengestell so weit angehoben und abgestützt, daß er den Jaguar in die laubenähnliche Höhle rollen lassen konnte. Selbst aus allernächster Nähe war die Tarnung nicht zu erkennen. Zwei Freunde Mortimers, die ihre Dienstzeit bei der Army hinter sich hatten, zeichneten für dieses Versteck verantwortlich. Es war eine Meisterleistung der Tarnarbeit, die jeden kampferprobten Army-Sergeanten in Begeisterung hätte ausbrechen lassen.

Für Mortimer Berwyn hatte dieses Versteck den Vorteil, daß er spurlos von der Bildfläche verschwinden konnte. Mit einem breiten Reisigbesen, der in der Buschgarage bereitstand, beseitigte der die Fahrspuren des Jaguars. Niemand würde auf die Idee kommen, in diesem unwegsamen Gelände nach einem Auto zu suchen.

Mortimer überzeugte sich noch einmal davon, daß

die Tarnung in Ordnung war. Dann machte er sich auf den Weg in Richtung Seeufer.

Das Buschgelände endete schon nach wenigen Yards und wich einer wilden Sumpflandschaft. Bläulich schimmernde Libellen sirrten über Büschel von hüfthohem Schilfgras. Aus dem Verborgenen tönten die monotonen Laute von Wasservögeln und Fröschen.

Zielstrebig bahnte sich Mortimer seinen Weg durch das Schilf. Nicht ein einziges Mal wurde er unsicher. Mit schlafwandlerischer Sicherheit fand er den Pfad, den die Natur in diesem tückischen Gelände geschaffen hatte.

Er brauchte eine gute halbe Stunde, dann lag der See vor ihm. In einer halbkreisförmigen Bucht von zehn Yard Durchmesser verbarg sich unter dem Ufergestrüpp ein grünes Kunststoffboot mit Außenborder.

Mortimer löste die Nußschale aus der Vertäuung und kletterte hinein. Fast geräuschlos arbeitete er sich mit den Rudern auf den See hinaus. Erst weit draußen ließ er den Außenborder an. Mit dumpfem Blubbern sprang der Fünf-PS-Motor an und schob das kleine Boot weiter in Richtung auf die offene Wasserfläche.

Ein kurzer Blick auf das Zifferblatt seiner Armbanduhr zeigte Mortimer, daß er fast auf die Minute pünktlich war. Kein Mensch hatte bislang jemals von diesem Treffen auf dem See erfahren, das zweimal wöchentlich stattfand.

Das Ufer war bereits außer Sicht, als die Umrisse der schnittigen Jacht auftauchten.

Bewegungslos lag das Schiff im Wasser. An Bord war niemand zu sehen.

Mit einem gekonnten Schwung nach Steuerbord legte Mortimer die Nußschale längsseits. Erst jetzt polterten Schritte an Deck der Jacht. Ein Gesicht und ein muskulöser Oberkörper tauchten über der chromblitzenden Reling auf.

»Hallo, Mort! Ich möchte wissen, wie du es schaffst, jedesmal so verdammt pünktlich zu sein.«

Mortimer antwortete nicht. Er warf die Leine des Boots hoch. »Mach sie fest, Hank«, brummte er undeutlich.

Hank Bellini folgte der Aufforderung. Er schob sein strohblondes Haar in den Nacken und musterte Berwyn mit Erstaunen und Mißtrauen zugleich.

Mit einem kraftvollen Satz schwang sich Mortimer an Bord. »Komm mit in die Kajüte!« befahl er im Vorbeigehen.

Bellini tat es kopfschüttelnd. Er war einiges von Mort Berwyn gewohnt. Aber das hier war neu. Völlig neu. Achselzuckend machte sich Hank Bellini auf alles mögliche gefaßt. Denn was auf einen zukam, wußte man bei Mort Berwyn nie vorher.

In der Kajüte hatte sich die komplette Mannschaft versammelt.

Mortimer Berwyn blieb in der Tür stehen und ließ seinen Blick in die Runde schweifen. Sein Gesicht war steinern. Das Gemurmel verstummte. Sechs Augenpaare richteten sich auf ihn.

»Jimmy und Doug, ihr bleibt hier. Die anderen raus!« Mortimers Stimme klang schneidend.

Jimmy und Douglas Turner, die beiden Brüder, richteten sich verlegen von ihren Plätzen auf und drückten sich in die nächste Ecke. Die anderen zwängten sich an Mortimer vorbei ins Freie. Dann kam Bellini herein. Wortlos ließ er sich auf die Wildledercouch sinken und sah seinen Boß abwartend an.

Mortimer Berwyn stand breitbeinig mitten im Raum.

»Was habt ihr in New York gemacht?« flüsterte er

kaum hörbar. »Ich will die komplette Story hören, und zwar sofort. Verstanden?«

Hank Bellini schluckte. Er brauchte eine Sekunde, um es zu verdauen. Er sprang auf. »Zum Teufel, woher weißt du das?« stieß er hervor.

»Ich lese Zeitung«, zischte Mortimer. »Wenn du es auch tun würdest, wäre dir heute morgen die Titelseite ins Gesicht gesprungen. Ganz abgesehen davon, daß noch eine andere Sache drinsteht, die ich euch aber nicht ankreiden will. Also, heraus damit? Was war in New York?«

Bellini setzte sich wieder. Sein Blick wanderte kurz zu den Turner-Brüdern, die nervös ihre Finger kneteten und kein Wort hervorbrachten.

»Okay«, meinte Bellini. »Du weißt, daß wir öfter mal nach New York rüberfahren. Schließlich sind's nur dreihundertfünfzig Meilen. Wir waren gestern und vorgestern da. Hier lag ja nichts an. Du hattest selbst gesagt, daß wir an den beiden Tagen machen könnten, was wir wollten.«

»Komm zur Sache«, knurrte Berwyn.

»Das Wichtigste dürftest du ja schon aus der Zeitung wissen«, nickte Bellini. Er war völlig ruhig. »Wir können dir nichts vormachen, Mort. Wir haben einen Kumpel von mir in der Bronx besucht. Auf dem Rückweg nach Fairview wollten wir uns noch kurz einen Drink genehmigen. Dabei hat uns dieser dämliche Typ angequatscht. Mir ist die Galle übergekocht.« Er hob die Arme und ließ sie kraftlos auf die Oberschenkel sinken. »Okay, ich geb's zu, ich hab' den Saukerl abgestochen. Was macht das schon? Glaubst du etwa, sie werden mich erwischen?«

»Du bist ein verdammter Idiot.« Mortimer Berwyn stellte es ohne jede Erregung fest.

»Wieso?«

»Weil du nicht mal zwei und zwei zusammenzählen kannst, zum Teufel. Wie ich dich kenne, bist du natürlich mit deinem eigenen Schlitten nach New York gefahren. Nur um herumzuprotzen. Deshalb bist du ein Idiot, Hank.«

Bellini sprang erregt auf. Die Adern an seinen Schläfen traten hervor. »Ich will dir mal was sagen!« preßte er hervor. »Auch wenn du Mortimer Berwyn heißt, kannst du nicht so mit mir reden!«

»Ich kann noch ganz was anderes«, versetzte Berwyn unbeeindruckt. »Spätestens wenn die Bullen hinter dir her sind, wirst du um meine Hilfe betteln.«

»Pah! Die Bullen!« Bellini blies verächtlich die Luft durch die Nase. »Mit denen werden wir fertig.«

Zum erstenmal verzog Mortimer Berwyn die Mundwinkel. »Dein Grips reicht tatsächlich nicht von hier bis an die Wand. Es braucht nur einer von den Tpyen in der Bronx deinen Schlitten gesehen zu haben, schon bist du geliefert. Und die Polypen, die dann auf dich angesetzt werden, sind mit unserem Sheriff und seinen Leuten nicht zu vergleichen. Schon mal was vom FBI gehört, he?«

Bellini wurde still. Seine Fäuste entkrampften sich. »Unsinn!« Er wischte mit der Rechten durch die Luft. »Die Kerle in der Kneipe hatten allesamt die Hosen voll. Von denen hat es keiner riskiert, hinter uns herzurennen.«

»Weißt du das genau?«

»Na ja, äh . . .«

»Wißt ihr es?« fuhr Berwyn die Turner-Brüder an.

Die beiden zuckten fast gleichzeitig die Achseln. In ihren Gesichtern lagen Ratlosigkeit und Verlegenheit.

»Na also, Hank.« Mortimer Berwyn lächelte jetzt. Es

war ein kaltes Lächeln. »Vielleicht hat einer sogar deine Autonummer notiert. Das steht natürlich nicht in der Zeitung. So etwas geben die Bullen nicht bekannt. Damit würden sie sich schließlich ins eigene Fleisch schneiden.«

Hank Bellini hatte seine Kaltschnäuzigkeit verloren. Mortimer Berwyns Worte rumorten in seinem Gehirn. Zum erstenmal seit der Geschichte in New York sah er ein, daß er möglicherweise einen Fehler gemacht hatte. »Hör mal, Mort«, murmelte er kleinlaut, »nehmen wir mal an, du hast recht. Meinst du wirklich, daß es den Bullen gelingen würde, mich zu schnappen? Menschenskind, wir haben doch schon ganz andere Dinger heil überstanden!«

»Das stimmt nicht ganz«, belehrte ihn Mortimer eisig. »Was du in New York fabriziert hast, war Mord. Noch dazu in aller Öffentlichkeit. Vor Gericht hättest du keine Chance, mein Lieber.«

»Ja, aber . . .«

»Kein Aber, Hank Bellini. Du bist geliefert, wenn du nicht . . .«

»Wenn was?« Bellinis Kopf ruckte hoch. Ein Hoffnungsschimmer wurde sichtbar in ihm wach.

Mortimer Berwyns Augen verengten sich zu Schlitzen. Ein heimtückisches Funkeln glomm in seinen Pupillen. »Es gibt eine Möglichkeit, Hank«, begann er gedehnt. »Sogar eine sehr gute Möglichkeit. Wenn es klappt, würde ich dir helfen . . . und auch Jimmy und Doug natürlich. Sie gehören dazu, als Mitwisser, könnte man sagen.«

»Schieß los!« forderte Bellini erregt.

»Das Motto ist bekannt«, grinste Berwyn. »Eine Hand wäscht die andere. Du tust mir einen Gefallen, und ich haue dich aus der Klemme heraus, wenn es darauf ankommt. Du weißt, daß ich die Mittel und Wege dafür kenne. Stimmt's?«

»Ja, natürlich«, nickte Bellini eifrig. »Es wäre nicht das erste Mal.«

»Richtig, Hank. Nur ist der Fall diesmal etwas schwerwiegender. Der Gegendienst, den ich dafür erwarte, ist entsprechend.«

»Ist mir egal«, meinte Bellini wegwerfend. »Du kannst auf mich rechnen.«

»Und wie steht es mit euch?« wandte sich Berwyn an die Turner-Brüder.

»Wir machen mit«, entschied Jimmy Turner. »Wir sitzen genauso in der Patsche wie Hank.«

»Okay«, Mortimer Berwyn nickte befriedigt. »Dann stellt eure Lauscher auf Empfang.« Mit knappen Worten, militärischem Befehlston gleich, begann er seinen Plan zu schildern. Er brauchte etwa fünf Minuten dazu. Dann war alles gesagt.

Es reichte aus, um Hank Bellini und die beiden Turners blaß werden zu lassen. Sie brachten kein Wort hervor. »Was ist?« Berwyn lächelte heimtückisch. »Wollt ihr etwa kneifen? Wie gesagt, eine Hand wäscht die andere. Außerdem könnt ihr beweisen, daß ihr zu etwas mehr in der Lage seid, als einen wehrlosen Burschen abzustechen.«

Bellini klappte den Mund zu. Er nickte entschlossen. »In Ordnung, Mort. Du kannst dich auf uns verlassen. Wir werden es für dich deichseln.«

Hank Bellini hatte noch einen anderen Gedanken dabei, den er jedoch nicht aussprach. Er wußte, daß er auf diese Weise Mortimer Berwyn künftig in der Hand haben würde. Ob es etwas nützen würde, konnte man nicht wissen. Aber zumindest war es ein beruhigendes Gefühl.

Wir tauchten durch bauschige weiße Wolkenberge hinab. Nach ein paar Sekunden war die Zuckerwatte vor unserem Bullauge verschwunden, und wir konnten Pennsylvania von oben betrachten.

Riesige Felder in unterschiedlichen Farbschattierungen, dazwischen die grünen Tupfer von Wäldern, graue Bänder, auf denen winzige Autos wie glitzernde Ameisen kreuz und quer durch die Gegend eilten, und weiter hinten eine tiefblaue Fläche. Riesengroß in ihren Ausmaßen.

»Der Eriesee«, stellte Phil fest.

Die Stewardeß bat uns, die Gurte anzulegen. Unten kamen Häuser in Sicht. Nach und nach verdichteten sie sich zu einer Stadt. Diese Stadt trug den gleichen Namen wie der See. Erie.

Der Flughafen war klein, aber hochmodern eingerichtet. Phil und ich schnappten uns unser Handgepäck.

In der Halle erledigten wir die Formalitäten. Dann stellten wir fest, daß selbst hier die größte amerikanische Autoverleihfirma ein Büro unterhielt. Wir enterten den Glaskasten, in dem ein einziger Angestellter hinter seinem Schreibtisch döste.

Die Auswahl war nicht sonderlich groß. Aber es reichte. Zur Verfügung standen drei nagelneue Chevys für normale Ansprüche, zwei Cadillacs für Repräsentationszwecke und ein Oldsmobile Toronado als Prunkstück.

Ich wählte den Toronado. Kein Jaguar-Ersatz, aber recht brauchbar.

»Du bist größenwahnsinnig«, kommentierte Phil, als wir draußen standen und die Schlüssel in meiner Rechten klimperten. »Wie willst du den Schlitten auf der Spesenrechnung unterbringen?«

»Du weißt, daß ich unsere Freunde von der Abrechnung mehr als einmal bezwungen habe«, beruhigte ich ihn. »Das wird mir auch diesmal gelingen.«

»Tatsächlich, größenwahnsinnig«, murmelte Phil.

Ich achtete nicht weiter darauf und schloß den Toronado auf, der in Metallicsilber unter einem Sonnendach neben dem Flughafengebäude funkelte. Der Flitzer war topfit, das erkannte ich auf den ersten Blick. Achtzylindermaschine, fast siebeneinhalb Liter Hubraum und runde zweihundertfünfundachtzig Pferdestärken nach DIN-Norm. Damit war er zwar etwas kräftiger als mein Jaguar, aber das rassige Fahrwerk des E-Typs sucht eben seinesgleichen.

Wir kletterten in den silbergrauen Renner und machten es uns gemütlich.

»Verdammt bequeme Sitze«, meinte Phil und spielte damit auf die etwas härteren Polster meines Jaguars an.

Es war heiß in Erie. Wir kurbelten die Scheiben herunter und ließen uns den Fahrtwind um die Ohren wehen. Die Ausfahrt vom Flughafengelände war gut ausgeschildert. Es gab drei Richtungen, die man einschlagen konnte. Nordosten, Südwesten und Süden. Im Norden lag der See.

Die südliche Straße führte zum Highway Nummer 90, der weiter landeinwärts parallel zum Ufer des Lake Erie verläuft, von den Niagara-Fällen bis nach Cleveland und Akron in Ohio. Es gab eine kleine State Route, die fast unmittelbar am See entlangführte. Auf dem Wegweiser entdeckten wir neben den Ortsnamen Girard und Coneaut auch Fairview. Die Entfernung betrug runde zwanzig Meilen in Richtung Südwesten.

Ich lenkte den Toronado auf die State Route. Nach zehn Minuten tauchte eine Abzweigung in nördlicher Richtung auf. ›Presque Isle‹ entzifferte ich auf dem

Hinweisschild. Ich rief mir die Landkarte ins Gedächtnis. Es handelt sich um eine Halbinsel, die wie ein spitzer Finger in den See hineinragt und als Paradies für Ausflügler und Sportfischer gilt.

Wir rollten weiter nach Südwesten. Die Landschaft wurde zusehends öder, aber keineswegs eintönig. Den Einheimischen mochte das üppig bewucherte Ufergelände eine gewohnte Umgebung sein, mit der sich nicht viel anfangen ließ. Den Großstadtmenschen, die Phil und ich nun einmal waren, bot allein der Anblick dieser in ihrer Wildheit fast romantischen Landschaft schon Erholung. Erholung vom Asphaltdschungel.

Hin und wieder war durch Lücken in dem Busch- und Schilfdickicht das schillernde Wasser des Lake Erie zu erkennen. Kurz vor Fairview stachen uns zur Linken die Fabrikanlagen ins Auge, deren gigantische Ausmaße für eine Kleinstadt erstaunlich waren.

»Papier«, las Phil über der Toreinfahrt des Fabrikgeländes. Die Schrift war von der Straße aus gut zu lesen. »Diese Unternehmen dürfte für Fairview verdammt wichtig sein.«

Ich nickte nur. Meine Gedanken waren bereits woanders. Unser Interesse galt nicht der Papierfabrik, dachte ich. Ich überlegte, wie wir den Mercedesfahrer, der möglicherweise auch ein Messerstecher war, am problemlosesten in die Finger bekommen konnten.

Irgendwie konnte ich es mir immer noch nicht vorstellen, daß dieser Hank Bellini, falls er es wirklich gewesen war, mit seinem eigenen Auto New York verlassen hatte, nachdem er einen Menschen umgebracht hatte. Andere Täter dieser Schattierung hätten ihr Fahrzeug unterwegs stehenlassen, um dann ihre Spur zu verwischen. Doch der Mercedes aus Fairview war nirgends gefunden worden.

Es war klar. Die Geschichte hatte noch eine Menge Fragezeichen. Aber trotz allem blieb das Gefühl, daß da ein Haken war. Ein ziemlich dicker sogar. Nur konnte ich mir beim besten Willen noch nicht erklären, womit sich dieses Gefühl begründen ließ.

Wir durften kein Aufsehen erregen. Und wir mußten uns mit dem Sheriff unterhalten, bevor wir etwas Konkretes unternahmen.

Nach einer Reihe von Kurven schob sich die Stadt in unser Blickfeld. Rechts von uns kam das Hafengelände in Sicht. Bootshäuser, eine Kaimauer aus Beton und eine Reihe von Holzstegen, an denen Segelboote, Kajütboote und kleine Außenbordflitzer in buntem Durcheinander lagen.

Wir folgten der ausgeschilderten Fahrtrichtung und bogen nach links in die Hauptstraße ein. Fairview wirkte sauber und aufgeräumt. Hunderte von Kleinstädten im Nordosten der Staaten sehen ähnlich aus. Es gab nichts Besonderes an Fairview. Jedenfalls nicht an der Oberfläche. Das Innenleben eines solchen Ortes lernt man erfahrungsgemäß erst dann kennen, wenn man darin wohnt. Ich kannte das aus Harpersvillage, meinem Geburtsort in Connecticut.

Das einzige Hotel der Stadt war nicht zu verfehlen. Es lag im Zentrum. Die Leuchtreklame des Ladens, die bereits eingeschaltet war, protzte sinnigerweise mit den noblem Namen ›Bellevue‹. Womit ich nichts gegen die schöne Aussicht auf den See sagen wollte, die es hier tatsächlich gab.

Ich rangierte den Toronado an den Fahrbahnrand. Aufatmend schälten wir uns aus den Sitzpolstern. Nach dem Flug und der Kurvenschaukelei über die Landstraße brauchten wir Betätigung.

Wir sollten sie bekommen. Mehr als genug. Nur

wußte ich das zu diesem Zeitpunkt noch nicht.

Die Dämmerung war hereingebrochen. Wir beschlossen daher, uns den Sheriff für morgen aufzuheben.

Düstere Wolken zogen über den Lake Erie und beschleunigten das Einbrechen der Dunkelheit. Die Luft war stickig, schwül.

Das Gewitter hing wie eine angekündigte Drohung in der Luft.

Die Fabrik hatte ihre Nachtbeleuchtung eingeschaltet. Nur vereinzelt schickten hinter den großflächigen Glasfronten der Gebäude Neonröhren ihr bläulichgrelles Licht in den Abend. Ein dumpfes Dröhnen lag über dem Gelände. Ein Dröhnen, das nie endete. Denn die Papiermaschine lief ununterbrochen. Vierundzwanzig Stunden lang jeden Tag. Wenn sie wirklich einmal durch einen Defekt gestoppt wurde, kostete das Unsummen.

Das Fabriktor war geschlossen. Der Nachtpförtner döste in seiner Glaskanzel über einer Illustrierten. Außerhalb des Gebäudekomplexes des eigentlichen Werkes lag der Verwaltungstrakt. Nur noch zwei Fenster und der Eingang waren beleuchtet.

Die Fabrikhalle, in der die gigantische Papiermaschine arbeitete, war gut fünfhundert Yard lang. Außerdem gab es eine Reihe von Nebengebäuden, die sich ringsherum gruppierten. Ein eigenes Kraftwerk, das die Fabrik mit Strom versorgte, das überdachte Zellstofflager, die werkseigene Kläranlage und ein etwa dreihundert Quadratmeter großes Freigelände, auf dem sich Altpapierballen in wirrem Durcheinander stellenweise bis zur Höhe der dreigeschossigen Fabrikhalle türmten. In dem Durcheinander der Altpapierballen waren die Spuren von Gabelstaplern zu sehen.

Hank Bellini ging vor dem sieben Fuß hohen Maschendrahtzaun in die Knie. Unmittelbar hinter dem Zaun begann die künstliche Hügellandschaft des zerfledderten Altpapiers. Eine bessere Deckung gab es nicht. Außerhalb des Zauns lag Brachland, das mit hüfhohem Unkraut bewachsen war. Hamish Berwyn hatte dieses Gelände vorausschauend mitgekauft, für den Fall einer späteren Fabrikerweiterung.

Obwohl er sicher war, daß niemand in der Nähe war, sah sich Bellini noch einmal vorsichtig nach allen Seiten um. Er nickte zufrieden. Hank Bellini war zu allem entschlossen. Für Mort Berwyns Versprechen tat er es.

Er setzte die Drahtschere an. Die Schneidbacken zertrennten den Draht wie Zwirn.

Innerhalb von drei Minuten hatte Bellini ein kreisrundes Loch in die untere Hälfte des Maschendrahts geschnitten.

Es reichte aus, um hindurchzukriechen.

Bellini legte die Drahtschere beiseite und winkte den Turner-Brüdern zu, die einen Steinwurf weit hinter ihm zwischen den Büschen kauerten. Geduckt kamen sie näher. Sie verursachten kein Geräusch dabei.

»Los!« zischte Bellini nur. Jimmy und Doug wußten Bescheid. Es gab nichts mehr zu besprechen. Der Plan mußte ablaufen wie ein Uhrwerk.

Nacheinander schoben sie sich durch das Loch im Zaun. Zwischen zwei Altpapierbergen verharrten sie regungslos. Nichts rührte sich.

Bellini nickte den Turner-Brüdern zu. Sie verstanden sofort und huschten los. Einer nach links, einer nach rechts. Sie hatten die Aufgabe, sich Beobachtungsposten zu suchen, von denen aus sie das Gelände überblicken und notfalls eingreifen konnten. Mehr nicht. Alles andere war Hank Bellinis Aufgabe.

Er blickte kurz auf das Leuchtzifferblatt seiner Armbanduhr. Es konnte höchstens noch zehn Minuten dauern, bis es völlig dunkel sein würde.

Bellini wartete eine Weile, bis er sicher war, daß Jimmy und Doug ihre Posten bezogen hatten. Dann begann er sich zielsicher durch das irrgartenähnliche Gewirr der Altpapierballen vorzuarbeiten. Es war nicht sonderlich schwierig, den Gängen zu folgen, die von den Gabelstaplern benutzt wurden.

Er erreichte das Ende der Papierhügellandschaft und ging erneut in Deckung. Über einen Ballen hinweg, konnte er das Areal überblicken.

Links ragte die Fabrikhalle in den tintenblauen Abendhimmel. Die Distanz bis zum Tor, das die Gabelstapler benutzten, betrug etwa zwanzig Yard. Eine lächerlich kurze Entfernung. Bellini verspürte ein Gefühl der Sicherheit. Er hatte nicht geglaubt, daß es so einfach werden würde.

Immer wieder hatte er sich nach Mort Berwyns Schilderung die Örtlichkeiten eingeprägt. Es war so einfach, daß Bellini innerlich zu frohlocken begann. Er würde Mort zeigen, wozu er fähig war! Er war mehr als ein blöder Killer, der im ersten Wutanfall einen anderen abstach. Viel mehr!

Das Tor für die Gabelstapler war ständig offen. Es bestand aus elastischen Gummiflügen, die in Schwingarmen gelagert waren. Weiter vorn, an der Ecke der Fabrikhalle, befand sich ein flacher Anbau aus Holz. Früher hatten ihn die Fabrikarbeiter als Kantine benutzt. Jetzt hatten sie für diese Zwecke einen modernen Neubau bekommen, und der alte Holzbau diente als improvisierter Zwinger für die beiden Schäferhunde, die nachts die Wachmänner auf ihren Rundgängen begleiteten.

Hank Bellini sah erneut auf seine Armbanduhr und dann zum Verwaltungsgebäude hinüber, das gut hundert Yard von ihm entfernt war.

Jeden Moment mußte es soweit sein. Der alte Berwyn blieb gewöhnlich bis kurz vor acht Uhr in seinem Büro. Etwa zur gleichen Zeit kam seine Tochter herüber, um die Hunde zu versorgen. Außer den Wachmännern war sie die einzige, die sich mit den gefährlichen Tieren verstand. Sie hatte es freiwillig übernommen, die Hunde abends zu füttern, weil die Wachmänner erst eine Stunde später ihren Dienst antraten. So hatte es Mort geschildert.

Bellini blickte angestrengt zu den erleuchteten Fenstern des Verwaltungsgebäudes hinüber.

Er hielt den Atem an. Unwillkürlich zuckte er Sekunden später zusammen, als hinter einem der Fenster das Licht erlosch. War es der alte Berwyn? Oder . . .

Bellini spähte in die Dunkelheit. Kein Wagen, der abfuhr. Dafür tauchte der flackernde Lichtpunkt einer Lampe auf, der rasch näher kam.

Es war soweit. Das Fahrrad. Genauso, wie Mort es geschildert hatte.

Hank Bellini straffte seine Muskeln. Er richtete sich halb auf und tastete nach dem Stilett in seiner Hosentasche. Der Perlmuttgriff lag kühl und beruhigend in seiner Hand. Er nahm die Linke zur Hilfe, um das verräterische Klicken beim Aufschnappen der Klinge zu unterdrücken.

Das Fahrrad kam näher. Die Lampe beschrieb ein, zwei Bogen. Die Kurven, die die Zufahrt machte.

Noch zwanzig Yard. Deutlich war das Surren des Dynamos zu hören. Bellini verspürte eine eiskalte Ruhe in sich. Im schwachen Lichtschein, der vom Verwaltungsgebäude herüberdrang, erkannte er das wehende blonde Haar des Mädchens.

Es verlangsamte die Fahrt.

Bellini hastete los. Geduckt, völlig lautos. Ein Wolf, der sich seinem ahnungslosen Opfer näherte.

Das Girl durfte die Tür zum Hundehaus nicht aufbekommen. Auf keinen Fall. Wenn die Hunde etwas witterten, war es zu spät.

Mit langen Sätzen huschte Bellini auf den Lichtpunkt der Fahrradlampe. Noch fünf, sechs Schritte. Der Rücktritt knarrte. Die Lampe wurde schwächer und erlosch fast völlig.

Bellini spurtete. Er sah das Mädchen schattenhaft vor sich. Es war im Begriff, das Fahrrad zur Wand des Hundehauses zu schieben, um es dort abzustellen. Das Mädchen schöpfte nicht den geringsten Verdacht.

Die letzten zwei Schritte überbrückte Bellini mit einem gewaltigen Satz. Die Klinge des Stiletts blitzte auf.

Bellinis Linke packte das Mädchen und das Fahrrad zugleich. Das Messer drang ihr mit einem Ruck bis zum Heft in den Rücken.

Sie war sofort tot. Kein Schmerzensschrei drang über ihre Lippen.

Eiskalt zog der Killer das Stilett heraus und steckte es ein. Dann ließ er den leblosen Körper in seinen rechten Arm sinken und legte das Fahrrad mit der Linken vorsichtig auf den Boden.

Das Mädchen war nicht schwer. Mühelos konnte Bellini es zu den Torflügeln aus Gummi hinübertragen. Das seidige blonde Haar legte sich auf seine harte Schulter, fächerte ihm ins Gesicht. Bellini achtete nicht darauf.

Vorsichtig schob er sich durch die Gummitür. Drinnen brannte nur die winzige Lampe der Notbeleuchtung. Es war niemand in der Nähe. Die Nachtschicht arbeitete in kleiner Besetzung weiter hinten bei der Papiermaschine.

Eine sanft ansteigende Auffahrt, die mit Papierresten bedeckt war, führte nach oben. Aus den weiter vorn liegenden Räumen drang das dumpfe Dröhnen, das von der Papiermaschine verursacht wurde.

Bellini erreichte eine Halle, in der ebenfalls die Notbeleuchtung brannte. Sein Blick glitt zu den Gerüsten aus Stahlrosten empor. Dazwischen brodelte es in vier kreisrunden Behältern von jeweils etwa fünf Yard Durchmesser.

Eine schmale, steile Treppe führte zu den Stahlrosten empor.

Kurz entschlossen warf Bellini die Tote über seine Schulter und kletterte hinauf.

Vor dem ersten Behälter blieb er stehen. Undeutlich war unten eine breiige Masse zu erkennen, die in gleichmäßigem Rhythmus kreisförmig bewegt wurde. Bellini wußte, daß am Boden des Behälters scharfe Stahlmesser den Papierbrei zu einer feinkörnigen Masse zermahlten.

Er warf die Leiche hinein. Sie verschwand glucksend, wie in einem tückischen Sumpf.

Der Sturm brach von einer Minute auf die andere herein. Heulende Böen zerrten an den Unkrautbüscheln, die das ungenutzte Land neben der Fabrik bedeckten.

Hank Bellini und seine beiden Komplicen hetzten in gebückter Haltung zu dem weißen Mercedes, der außer Sichtweite auf einem Sandweg abgestellt war. Bellini hatte die Drahtschere in der Hand. Sie durften nichts zurücklassen, nicht den geringsten Hinweis. Das einzige, was sich nicht vermeiden ließ, war das Loch im Zaun.

Der Himmel wurde rabenschwarz. Noch bevor Bellini und die Turner-Brüder den Wagen erreichten, setzte ein wolkenbruchartiger Regen ein. In Sekundenschnelle waren sie bis auf die Haut durchnäßt.

Vor ihnen tauchte der weiße Lack der schweren Limousine auf.

Fluchend schwangen sie sich hinein. Der Sturm fegte eine Portion Regen in den Innenraum, der von den Polstern aufgesogen wurde. Die Türen fielen mit dumpfem Geräusch ins Schloß.

Zielsicher steuerte Bellini den Mercedes unbeleuchtet durch die Dunkelheit. Niemand war bei diesem Unwetter unterwegs. Ein nicht zu unterschätzender Vorteil. Und außerdem ...

»Sie werden keine Spuren finden«, lachte Bellini erleichtert. »Der Regen macht alles kaputt.«

Jimmy und Doug Turner stimmten in das Lachen ein.

Erst auf der Straße schaltete Bellini die Scheinwerfer an. Die Sicht war miserabel. Von orkanartigen Böen gepeitscht waberte der Regen in schleierartigen Schwaden über die Fahrbahn. Die Limousine wurde trotz ihres Gewichts vom Sturm geschüttelt.

Bis zu der kleinen Bucht brauchten sie zehn Minuten. Der Weg, der dorthin führte, war aufgeweicht. Mit schlingerndem Heck jagte der Mercedes durch die entstehenden Schlammlöcher. Dann erreichten sie die kleine Fischerhütte. Bellini hatte sie zum Unterstand für seinen Wagen umgebaut.

Er stoppte vor dem Holzhaus, das fast unmittelbar am Wasser stand. Jimmy Turner sprang wie auf Kommando ins Freie und öffnete das Tor des Häuschens. Bellini ließ den Mercedes hineinrollen.

Die Bootsfahrt zur Jacht wurde kein Vergnügen. Mannshohe Wellen ließen die Nußschale bedrohlich schaukeln. Mehr als einmal drehte die Schraube des Außenborders leer. Blitze zuckten vom tiefschwarzen Himmel herunter, begleitet von ohnenbetäubendem Donner, der Sekundenbruchteile auf den Blitz folgte.

Frierend und zähneklappernd kamen die drei an. Bellini legte das Boot längsseits und warf die Leine hoch. Eine Gestalt in gelbem Ölzeug tauchte auf. Das vertäute Boot schlug krachend gegen die Bordwand der Jacht.

In der Kajüte war es warm und gemütlich. Die anderen hatten sich in den Nebenraum zurückgezogen. Mortimer Berwyn deutete auf die Flasche Whiskey, die vor ihm auf dem Tisch stand. »Nehmt einen Schluck«, meinte er großzügig, »Ihr könnt's gebrauchen.«

Sie bedienten sich, ohne lange zu zögern.

»Es hat geklappt«, berichtete Bellini stolz. »Du kannst zufrieden sein, Mort.«

Berwyn nahm es hin wie eine Selbstverständlichkeit. »Ich habe nichts anderes erwartet. Ihr wärt nicht zurückgekommen, wenn es schiefgegangen wäre.«

»Wieso?« erwiderte Bellini verblüfft. »Woher willst du das wissen?«

»Mach dir nichts vor, Hank. Wenn es nicht geklappt hätte, hättet ihr euch verdünnisiert. Ich kenne euch schließlich.«

»Es hat aber geklappt«, maulte Bellini. »Ich hoffe nur, daß vor morgen früh keiner was merkt.«

»Hör auf damit«, winkte Berwyn ab. »Ich habe es euch schon zigmal erklärt, daß erst mit der Frühschicht wieder die Altpapieraufbereitung beginnt. Nachts kümmert sich keiner darum. Das läuft alles automatisch.«

»Aber sie werden doch merken, daß sie verschwunden ist«, zweifelte Bellini immer noch. »Was, wenn sie eine Suchaktion einleiten? Dann finden sie das Fahrrad, das Loch im Zaun . . .«

»Na und? Solange sie die Leiche nicht gefunden haben, hängen sie in der Luft. Da müssen sie erst mal auf Kidnapping tippen.« Berwyn lehnte sich zurück. Er lächelte überheblich. »Du brauchst dir keine Gedanken zu machen, Hank. Dabei kommt nichts heraus. Die Sache ist astrein. Dafür habe ich sie mir gründlich genug ausgedacht. Ein Mord ohne Leiche ist eben kein Mord. Und bis morgen früh wird von der armen Randy nicht einmal mehr ein Fingernagel übrig sein.«

Bellini runzelte die Stirn. Er war selbst kaltschnäuzig, brutal und skrupellos. Aber trotzdem wollte es ihm nicht ganz in den Kopf, wie jemand seine Schwester, auch wenn es nur die Stiefschwester war, dermaßen hassen konnte, daß er sie umbringen ließ. Hank Bellini konnte es nicht begreifen. Vielleicht ging es Mort nur um das Geld. Wer konnte das wissen. Auf jeden Fall war es gut, sich nicht darum zu kümmern.

»Wir werden uns was Trockenes anziehen«, erklärte Bellini zähneklappernd. »Sonst gehen wir noch an Lungenentzündung ein! Dann hättest du nicht nur einen Mord ohne Leiche, sondern auch noch einen Mord ohne Mörder.«

Berwyn grinste breit. »Gar kein schlechter Gedanke, Hank.«

Sie brachen in schallendes Gelächter aus.

Hank Bellini wußte nicht, ob es die äußere Kälte war. Plötzlich verspürte er auch innerlich ein unheimliches Frösteln.

Darren McLeod wischte sich den Schweiß von der Stirn. Eine automatische, reflexartige Bewegung, die er an die hundertmal pro Schicht machte. Denn trotz Klimaanlage herrschten an der Papiermaschine subtropische Temperaturen. Selbst Leute wie Darren McLeod, die es seit Jahren gewohnt waren, konnten die permanenten Schweißausbrüche nicht verhindern.

McLeod hatte vor zwei Stunden die Aufsicht über die Nachschicht übernommen. Die anderen Männer waren auf ihren Posten. Er selbst hockte hinter einem riesigen Pult, auf dem eine Schalttafel montiert war, die mit unzähligen Lämpchen und Knöpfen einen Überblick über den gesamten Produktionsablauf ermöglichte.

Ein kurzer Blick aus den Augenwinkeln heraus genügte McLeod, um festzustellen, daß alles seinen gewohnten Gang nahm.

Er schraubte die Thermosflasche auf und goß den Kunststoffbecher halb voll. Der Kaffeedampf stieg empor, um dann in der Luftfeuchtigkeit zu verschwinden. McLeod nahm sich eines der Sandwiches, die ihm seine Frau wie gewohnt zur Nachtschicht eingepackt hatte. In einer halben Stunde würde er seinen ersten Rundgang machen. Ein Elektronengehirn genügte ihm nicht zur Kontrolle. Er wußte, daß er damit ganz im Sinne des alten Berwyn handelte, der zwar auf die Errungenschaften der modernen Technik nicht verzichtete, aber trotzdem nicht übermäßig viel davon hielt.

McLeod schluckte den ersten Bissen herunter. Dann stockte er. Es war wie ein Impuls, der ihm von der Schalttafel her ins Gesicht flammte. Sein Blick erfaßte das orangefarbene Lämpchen, das unten rechts in rhythmischen Abständen warnend aufblinkte.

McLeod legte sein Sandwich beiseite. Irritiert starrte er auf das Blinken. »Das gibt's doch nicht!« murmelte er verdutzt. Dennoch gab es keinen Zweifel. Das Signal war für ihn klar und deutlich: Holländer Nummer zwei arbeitete mit Defekt. Oder er war bereits ganz ausgefallen.

Etwas Derartiges hatte Darren McLeod seit der Installation der neuen Stoffaufbereitung nicht mehr erlebt. Und das war immerhin schon drei Jahre her. Fremdkörper gab es im Altpapier immer, das neben dem Zellstoff zu einem erheblichen Teil mit verarbeitet wurde. Die moderne Stoffaufbereitung sonderte solche Fremdkörper aus, bevor die Rohmasse in die Holländer kam, jene runden Bottiche, in denen gegeneinanderlaufende Stahlmesser den Papierbrei zu hauchfeinen Fasern zerkleinerten.

»Mist, verdammter!« knurrte Mcleod. Er sprang auf. »He, Al.«

Der Arbeiter, der fünf Schritte von ihm entfernt an der Papiermaschine beschäftigt war, drehte sich um.

»Komm her!« brüllte McLeod gegen den Lärm an.

Der mit Al Angeredete betätigte einen Hebel, der die ihm zugeteilte Maschinensektion auf Automatik laufen ließ. Dann folgte er der Aufforderung. »Was gibt's, Darren?«

»Sieh dir das an!« McLeod deutete auf die orangefarbene Warnlampe. »Weiß der Teufel, was mit dem Holländer los ist. Ich werde mal nachsehen. Übernimm du solange meinen Posten.«

»Geht in Ordnung.«

McLeod eilte durch das Gewirr der Gänge, vorbei an stampfenden Maschinenteilen und schweren Walzen, über die mit unterschiedlichen Geschwindigkeiten die Papierbahn lief. Er erreichte die Nebenhalle, in der sich der erste Teil des Produktionsablaufs abspielte. Hier war es weniger laut.

McLeod beschleunigte seine Schritte. Schon aus zehn Yard Entfernung sah er, daß der zweite Holländer tatsächlich ausgefallen war. Merkwürdig. McLeods Stirn war ein Faltenmeer. Die Dinge waren verdammt robust. Wenn es darauf ankam, zermalmten sie sogar armdicke Äste. Bei Metallteilen allerdings reagierten sie empfindlich.

Es war rätselhaft. McLeod konnte sich beim besten Willen keinen Reim darauf machen. Hastig hetzte er die schmalen Stahlstufen hinauf, die zu dem Gerüst führten, das den Holländer umgab. Sein Atem ging keuchend, als er den Rand des riesigen Bottichs erreichte. Mit beiden Händen hielt er sich fest und sah hinunter.

Nichts zu erkennen. Die Notbeleuchtung reichte nicht aus. McLeod hetzte hinüber zum Schalterschrank. Bis er zurückkam, war das Neonlicht aufgeflammt.

Jetzt war der gelblichbraune Papierbrei gut zu erkennen. Prüfend ließ McLeod seinen Blick über die zähflüssige Masse schweifen.

Er erstarrte. Das Entsetzen kroch ihm wie eine eisige Faust am Rückgrat empor. Seine Nackenhaare sträubten sich.

McLeod beugte sich weiter über den Rand, kniff die Augen zusammen. In seinem Gehirn begann es zu pochen. Du siehst Gespenster! schrie eine innere Stimme. Du bist verrückt geworden! Du leidest an Halluzinationen!

Doch je länger er hinsah, desto klarer wurde die schreckliche Gewißheit.

Darren McLeod wußte nicht, wie lange er hinabgestarrt hatte, wußte nicht, ob es Sekunden oder Minuten gewesen waren.

Es gab keinen Zweifel. Es waren die Finger einer menschlichen Hand, die aus dem Papierbrei ragten.

Fünf Finger. Und einer davon trug einen silbernen Ring. So einen, wie ihn nur Frauen tragen . . .

Darren McLeod war weiß wie eine Wand, als er sich umdrehte. Seine Knie wurden zu Butter. Er wußte nicht mehr, wie er es schaffte, das nächste Telefon zu erreichen.

Aber er schaffte es. Und dann wurde ihm übel.

Über der Villa am Lake Erie tobte das Gewitter auf seinem Höhepunkt. Das Krachen des Donners, das Heulen des Sturms und das Prasseln des Regens, der gegen die Fensterscheiben gepeitscht wurde, übertönten alles.

Randy Berwyn richtete sich von der Couch auf. Sie streifte die Wolldecke von den Beinen. Sie brauchte einen Moment, bis sie das Schwindelgefühl überwunden hatte und aufstehen konnte. Sie fühlte sich besser. Der Schlaf hatte ihr gutgetan, auch wenn er nur kurz gewesen war.

Die nervliche Erregung hatte ihr übel mitgespielt. Hinzu kam eine Erkältung, die ihr ohnehin in den Knochen steckte. Nach dem Wortwechsel mit Mortimer hatte sich Randy nicht mehr auf den Beinen halten können. Entgegen ihrer sonstigen Gewohnheit war sie nicht mehr in die Fabrik gefahren, um ihrem Vater zu helfen.

Ihrer Schritte waren noch unsicher, als sie zum Telefon ging. Sie ließ sich in den Sessel sinken, der neben dem Tisch mit dem elfenbeinfarbenen Apparat stand. Randy zündete sich eine Zigarette an, bevor sie den Hörer abnahm.

Mechanisch drückte sie den Knopf, der ihren Nebenapparat an die Hauptleitung des Hauses anschloß.

Ebenso mechanisch wollte ihr Zeigefinger in die Wählscheibe haken, als Stimmen sie mitten in der Bewegung stoppten.

Randy brauchte eine Sekunde, um es zu erfassen. Es war bereits ein Gespräch in der Leitung. Bei dieser Anlage konnte man von den Nebenapparaten aus mithören, wenn auf dem Hauptapparat gesprochen wurde.

Den Sinn der Worte verstand Randy nicht sofort.

»Sind Sie völlig sicher, McLeod?« hörte sie die erregte Stimme ihres Vaters.

»Sir, ich habe selbst geglaubt, verrückt zu sein. Aber ich kann es beschwören! Im zweiten Holländer liegt eine Leiche. Oder zumindest . . . Jedenfalls muß es eine Frau oder ein Mädchen sein, Sir!«

Randy wurde blaß. Sie zerdrückte die Zigarette im Aschenbecher. Die schreckliche Bedeutung des Telefongesprächs, das sie in diesem Moment durch einen lächerlichen Zufall mitbekam, wurde ihr mit einem Schlag klar.

»Ich komme sofort«, drang die entschlossene Stimme ihres Vaters wie aus weiter Ferne an ihr Ohr. »Stoppen Sie alles, McLeod! Halten sie die gesamte Papiermaschine an! Egal, was dabei herauskommt.«

»Selbstverständlich, Sir. Und . . der Sheriff?«

»Ich werde ihn selbst benachrichtigen. Bis gleich, McLeod. Ich komme so schnell wie möglich.«

Es knackte in der Leitung. Das Gespräch war zu Ende.

Randy starrte fassungslos auf den Hörer in ihrer Hand. Wie in Trance ließ sie ihn auf die Gabel sinken. Die dumpfe Ahnung, die sie beschlich, verstärkte sich von Sekunde zu Sekunde. Etwas legte sich um ihren Hals, eine unsichtbare Hand. Randy spürte, wie sie sich anstrengen mußte, um zu atmen. Die Ahnung wurde zur grauenhaften Tatsache, die für Randy unumwunden feststand.

Sie hörte Türen zuschlagen, trotz des Gewitterlärms. Der Motor des Bentley heulte auf. Dann wurde es ruhig. Unheimlich ruhig. Das Gewitter klang ab. Nur noch ein dumpfes Grollen war aus weiter Entfernung zu hören.

Randy fühlte plötzlich, daß sie am ganzen Körper zitterte. Ihre Stirn war kalt, ihr Gesicht kreidebleich.

Wie aus einer Eingebung heraus packte sie erneut den Telefonhörer. »Ich muß es wissen«, flüsterte sie tonlos, »ich muß es wissen!«

Hastig ratschte ihr Zeigefinger die Nummer herunter, die sie im Kopf hatte. Das Rufzeichen ertönte viermal, fünfmal, ehe sich eine verschlafene Stimme am anderen Ende meldete.

»Entschuldigen Sie, wenn ich so spät noch störe, Mrs. Sparks.« Randy hatte Mühe, die Worte einigermaßen verständlich hervorzustoßen. »Es ist sehr dringend. Ist Ellen schon zu Haus? Ich meine, haben Sie sie zurückkommen hören? Ich weiß ja, daß Sie früh schlafen gehen . . .«

». . . weil ich früh zur Arbeit muß«, sagte die Frauenstimme spitz. »Ich kann es mir nicht leisten, abends noch in der Gegend herumzutelefonieren.«

»Es tut mir leid, Mrs. Sparks. Wirklich, ich wollte Sie nicht stören. Es handelt sich doch nur darum . . .« Randy konnte nicht weitersprechen. Etwas würgte in ihrer Kehle. Wie sollte sie der Frau etwas verständlich machen, etwas, das ihre Tochter betraf und das für Randy so unfaßbar war, daß sie es nicht in Worte kleiden konnte?

»Schon gut, schon gut!« Die Frauenstimme wurde schrill. »Ellen ist noch nicht da, Miß Berwyn. Damit Sie Bescheid wissen. Wer weiß, mit welchem Burschen sie sich wieder den Abend vertreibt. Sie können ja mal rumfragen, vielleicht finden Sie's heraus.«

Knack. Aufgelegt.

Mit einer müden Bewegung ließ Randy den Hörer sinken. Es war ihr nicht mehr möglich, Zusammenhänge und Konsequenzen zu überblicken. Vielleicht hätte sie es Mrs. Sparks sagen sollen ... Aber es war ja nur eine Vermutung. Und wenn es dann nicht stimmte? Andererseits ... Für sie, Randy, stand es fest. Und sie war die einzige, die es Mrs. Sparks vielleicht erklären konnte ... erklären konnte, auf welche grauenvolle Weise ihre Tochter Ellen durch einen Irrtum ums Leben gekommen war.

Randy sprang auf.

Es gab kein Überlegen mehr. Nur noch eins, das sie tun mußte. Sie sah es ganz klar, wie die plötzliche Lösung eines Rätsels.

Und Randy wußte, daß es der einzig mögliche Ausweg für sie war.

Der Ausweg, der ihr das Leben retten konnte. Wenn sie Glück hatte. Und wenn der Irrtum von dem Mörder nicht schon bemerkt worden war.

Es gelang ihr durch den Hinterausgang unbemerkt die Villa zu verlassen. Nur noch ihre Mutter und das Personal waren im Haus.

Randy machte sich nicht die Mühe, außer dem Zündschlüssel für ihren Mini irgend etwas mitzunehmen. Es ging um ihr Leben, das wußte sie. Alles andere war unwichtig. Und es gab in diesem Augenblick nur einen Menschen, der ihr bedingungslos helfen würde. Nicht einmal ihr Vater wäre dazu in der Lage gewesen. Randy wollte ihm nicht weh tun, aber es ging nicht anders. Sie mußte ihn im ungewissen lassen. Jedenfalls vorerst. Niemand durfte etwas erfahren.

Sie holte den Mini aus der Garage und jagte wie gehetzt davon. Randy rechnete nicht damit, daß es jemand bemerkte. Das Personal bewohnte den hinteren Trakt, und ihre Mutter nahm Schlaftabletten. Und Hamish Berwyn war bereits auf dem Weg zur Fabrik.

Unterwegs sah Randy, daß es furchtbare Realität war, was sie in einem Winkel ihres Gehirns immer noch nicht glauben konnte. Das Fabrikgelände war hell erleuchtet, und von irgendwoher zwischen den Gebäuden zuckte das Rotlicht eines Streifenwagens.

Randy raste mit höchster Geschwindigkeit auf die Stadt zu. Kein anderes Fahrzeug begegnete ihr. Niemand bemerkte ihre Flucht.

Der kleine Vier-Zimmer-Bungalow, den Stanley Murdock allein bewohnte, lag im südwestlichen Randbezirk von Fairview. Hinter einem der Fenster brannte noch Licht. Randy wußte, daß es sein Arbeitszimmer war. Stan arbeitete oftmals bis spät in die Nacht.

Die einzelnen Häuser lagen weit auseinander. Fast alle waren schon dunkel. Hundert Yard vor Stanley Murdocks Bungalow schaltete Randy die Scheinwerfer aus und ließ den Mini unbeleuchtet in die Garagenauffahrt rollen. Hastig zog sie die Handbremse an und sprang hinaus.

Randy preßte den Klingelknopf. Sie spürte nicht, daß ihr Daumen dabei zu schmerzen begann. Sie sah nicht, daß hinter der gläsernen Eingangstür Licht aufflammte. Erst als die Tür aufschwang und Stans erstauntes Gesicht vor ihr auftauchte, ließ sie den Knopf los.

Er nahm verblüfft die Pfeife aus dem Mund. »Darling? Was, zum Teufel, ist los? Deinem Aussehen nach hast du etwas Unangenehmes auf Lager. Du willst doch nicht etwa unsere Verlobung auflösen?« Er verzog sein sympathisches Jungengesicht zu einem spitzbübischen Lächeln.

Randy reagierte nicht darauf. »Laß mich herein und mach die Tür zu«, murmelte sie tonlos.

Stans Lächeln erstarb. Steile Sorgenfalten kerbten sich in seine Stirn. Besorgt nahm er das Mädchen bei der Schulter und verriegelte die Tür. Er führte sie zu einem der Sessel im behaglich eingerichteten Wohnzimmer. »Du brauchst einen Whisky«, bestimmte er, »du siehst danach aus.«

Randy hatte nicht die Kraft abzulehnen. Obwohl sie keinen Whisky mochte.

Dennoch trank sie, als Stan mit zwei gefüllten Gläsern zurückkam und ihr zuprostete. »Erzähle«, forderte er sie ernst auf. »Es gibt kein Problem, das sich nicht aus der Welt schaffen ließe.«

Randy schüttelte verzweifelt den Kopf. »Ich fürchte, du hast unrecht, Stan. Ich weiß nicht, ob mir überhaupt noch jemand helfen kann. Du bist der einzige, zu dem ich Vertrauen haben kann. Deshalb bin ich hergekommen, Stan.«

Er stand auf und schloß sie in die Arme. Seine Hand glitt zärtlich über ihr seidenweiches Haar. »Ich liebe dich, Randy. Und du weißt, daß ich alles für dich tun würde.«

Sie schmiegte sich schutzsuchend an ihn. Ein plötzlicher Weinkrampf ließ ihre Schultern erbeben. »Ich habe Angst, Stan«, schluchzte sie, »furchtbare Angst. Wenn ich . . . wenn ich heute nachmittag in die Fabrik gefahren wäre . . . ich wäre nicht mehr am Leben, Stan!« Sie sah ihn aus tränenfeuchten Augen an.

Stanley Murdock zuckte unwillkürlich zurück. Seine Augen wurden hart. Seine Hände hielten Randys

Schultern fester. »Das mußt du mir schon genauer erklären«, flüsterte er erschrocken.

»Sie haben Ellen umgebracht. Ellen Sparks, weißt du? Es ist entsetzlich . . .« Die Tränen übermannten Randy. Sie brauchte Minuten, um sich zu beruhigen. »Ich fühlte mich elend, heute nachmittag. Deshalb habe ich Ellen angerufen und sie gebeten, für mich die Hunde zu versorgen. Du weißt, daß ich es jeden Abend tue. Und vorhin . . . ich habe ein Telefongespräch mitgehört. Einer der Arbeiter . . . im Holländer . . . und Ellen ist nicht zu Hause angekommen . . .« Sie rang nach Luft.

Stan sah, daß Randy kurz vor dem Zusammenbruch war. Er bettete sie behutsam auf die Couch. »Sei ganz ruhig, Darling. Nur einen Augenblick, dann fühlst du dich besser. Ganz ruhig, bei mir bist du in Sicherheit.«

Sie nickte tapfer und biß die Zähne zusammen. Stan hielt stumm ihre Hand.

»Es geht schon wieder«, murmelte Randy nach einer Weile. Sie wollte sich aufrichten.

»Bleib liegen«, mahnte Stan sanft, »fühl dich nicht so stark, Darling!«

»Aber ich . . . wir müssen doch . . .«

»Erst mal gar nichts. Jetzt geht es nur darum, daß du dich wieder beruhigst. Und dann sehen wir weiter.« Seine hellblauen Augen blieben an ihrem zitternden Blick haften.

Randy spürte die Sorge, die in den Augen lag, die sonst ständig schalkhaft blitzten. Und auf einmal wußte sie, daß es richtig gewesen war bei Stan Zuflucht zu suchen.

»Stan«, hauchte sie. »Ich kann nicht nach Hause zurück.«

Er nickte verständnisvoll. »Fangen wir von vorne an«, meinte er ruhig. »Ellen Sparks ist die Sekretärin deines Vaters, nicht wahr? Und wenn ich mich recht entsinne, seid ihr zusammen zur Schule gegangen, Außerdem . . . vom Typ her seid ihr euch sehr ähnlch. Fast das gleiche blonde Haar, ungefähr die gleiche Figur . . . Es ist also durchaus möglich, daß man euch unter bestimmten Umständen verwechseln könnte.«

Randy nickte stumm.

Stan blickte nachdenklich zur Decke. »Ellen hat ausnahmsweise deinen Job übernommen, die Hunde zu füttern. Wer wußte darüber Bescheid, daß du es sonst tust?«

»Alle wissen es, Stan. Alle, die mit der Fabrik zu tun haben. Ich bin die einzige, die an die Hunde heran kann. Nur Ellen ist außer mir noch dazu in der Lage. Ich habe sie mit den Tieren vertraut gemacht, falls ich einmal nicht dasein sollte. Ich konnte ja nicht ahnen, daß . . .«

»Du brauchst dir keine Vorwürfe zu machen, Darling. Nicht im geringsten. Nun, du sagtest etwas von einem Holländer. Wenn ich mich nicht irre, sind das die Dinger, in denen der Papierbrei zerfasert wird.«

Randys Blick ging durch Stan hindurch. »Sie haben die Leiche darin gefunden. O mein Gott!« Mit einem Aufschrei verbarg Randy ihr Gesicht in den Händen.

Er sah sie grübelnd an. »Weißt du, Darling«, begann er zögernd, »Es fällt mir schwer, davon zu sprechen. Aber nach allem, was ich bis jetzt von dir erfahren habe, gibt es nur eine Schlußfolgerung. Ich meine die Verhältnisse in deiner Familie . . . du hast mir alles darüber erzählt. Wir brauchen uns nichts vorzumachen. Nun, noch steht es nicht hundertprozentig fest, daß Ellen Sparks, hm, versehentlich an deiner Stelle umgebracht worden ist. Aber ich glaube, daß dein Verdacht richtig ist. Und das bedeutet doch . . .«

Randys Kopf ruckte hoch. »Es gibt keinen Zweifel, Stan«, unterbrach sie ihn. Bittere Gewißheit klang aus ihrer Stimme. »Mein Stiefbruder haßt mich, Stan. Genauso wie ich ihn hasse. Und er ist entschlossen, mich umzubringen. Weil er weiß, daß ich nicht zögern würde, gegen ihn auszusagen, wenn es der Polizei endlich gelingen sollte, ihm seine verbrecherischen Machenschaften nachzuweisen.«

»Eine schwere Anschuldigung gegen deinen Bruder, Randy. Wir haben oft genug darüber diskutiert. Solange dein Vater seinen Einfluß geltend macht, um den Namen Berwyn nicht in den Dreck ziehen zu lassen, wird Mortimer nichts geschehen. Höchstens dann, wenn dein Vater einsieht, daß Mortimer skrupellos genug ist, seine eigene Schwester zu töten. Einen Mörder kann selbst Hamish Berwyn nicht in seiner Familie dulden. Davon bin ich überzeugt.«

»Ich weiß nicht, ob Dad es begreifen wird. Vielleicht zerbricht er daran. Es könnte ihn um den Verstand bringen.« Randy sah ihren Verlobten flehentlich an. »Ich muß fort, Stan. Wenn es herauskommt, daß Ellen für mich gestorben ist, dann wird Mortimer alles daransetzen, seinen Fehler auszubügeln. Du weißt, was das bedeutet. Bitte, hilf mir dabei, daß es nicht soweit kommt.«

Stanley Murdock kippte den restlichen Whisky mit einem Ruck in sich hinein. In seinen Mundwinkeln lag ein harter Zug. »Dir wird niemand etwas tun, Darling. Erst müßten sie mich um die Ecke bringen. Und das wird ihnen nicht gelingen.« Randy versuchte zu lächeln. Es gelang ihr kaum. »Ich danke dir, Stan. Was können wir tun?« Sie hob hilflos die Schultern.

»Ganz einfach. Wir werden beide von der Bildfläche verschwinden. Weiß jemand, daß du hier bist?«

Sie schüttelte den Kopf. »Ich bin sicher, daß niemand gemerkt hat, wie ich die Villa verlassen habe. Und Mortimer ist noch nicht zurück. Ich weiß nicht, wo er steckt. Vermutlich ist er bei diesen widerlichen Burschen, die mit ihm unter einer Decke stecken.«

»Gut. Dann werden wir unsere Sachen packen und so schnell wie möglich abdampfen. Wir nehmen meinen Wagen und lassen deinen Mini in meiner Garage zurück.«

»Und deine Arbeit?«

»Keine Sorge, Darling.« Murdock lachte leise. »Ich hatte ohnehin vor, morgen einen zweitägigen Trip nach Kanada zu unternehmen. Es dreht sich um eine neue Reportage für unsere Zeitung. Die Redaktion weiß Bescheid, daß ich nicht da bin. Es wird mich also vorerst niemand vermissen.«

»Und wohin wollen wir fahren?«

»Ganz einfach. Erinnerst du dich an unseren letzten Urlaub in meinem Wohnwagen? Er steht noch immer draußen an seinem Platz. Und ein besseres Versteck könnte ich mir beim besten Willen nicht vorstellen.«

Phil hatte natürlich geschlafen wie ein Murmeltier.

»Du spinnst«, erklärte er im Brustton der Überzeugung. »Weshalb sollte ich eine Polizeisirene hören? Vielleicht hast du einen schlechten Traum gehabt. Und außerdem solltest du dich mit deinen Berufsjahren langsam an solche Geräusche gewöhnt haben.«

»Ich habe aber eine gehört«, beharrte ich auf meiner Erinnerung an die vergangene Nacht. Trotzdem – mein Freund hatte recht. In New York hörten wir kaum noch hin, wenn Sirenengeheul durch die Straßenschluchten drang. Aber hier draußen, in dieser Kleinstadt, hier war das anders. Wenn hier ein Streifenwagen mit Rotlicht und Geheul durch die Straßen fegte, dann war es eine Sensation. Etwas, das die Leute aus ihrem eintönigen Alltag riß.

Vielleicht erinnerte ich mich allzugut an meine Jugendzeit in Harpersvillage. Vielleicht war ich mit ländlichen Verhältnissen immer noch so sehr vertraut, daß ich nach unserem Eintreffen in Fairview sofort auf diese Wellenlänge umgeschaltet hatte. Von Phil konnte ich so viel Einfühlungsvermögen nicht verlangen. Er war zwischen Beton, Stahl und Asphalt groß geworden.

»Fang endlich an zu frühstücken«, forderte mich Phil zwischen zwei Bissen auf. »Du verdirbst mir sonst noch den Appetit mit deiner Denkermiene.«

Ich grinste und langte zu. »Ich würde es mir nie verzeihen, Alter, wenn du durch mein Verschulden nicht auf dein Kaloriensoll kommen solltest.«

Wir waren die einzigen Gäste in der Hotelhalle. Halle war reichlich übertrieben. Ein nettes Klubzimmer mit frischen, geblümten Tischdecken und einer taufrischen Rose auf jedem Tisch. Die Hotelzimmer waren nicht minder adrett. Und das Frühstück schmeckte uns ausgezeichnet. Das Ehepaar, das den Laden in Gang hielt, verstand etwas von seinem Fach.

Wir beendeten unsere leibliche Stärkung mit einer letzten Tasse Kaffee und der obligaten Morgenzigarette.

Dann stiefelten wir los. Den Wagen brauchten wir nicht. Das Gebäude, in dem der Sheriff residierte, war nur vier Häuserblocks entfernt. Ein zweigeschossiger Neubau aus grauem Stahlbeton. Die Fassade wurde durch schwarze Holzverschalungen und Fenster mit Aluminiumrahmen aufgelockert.

Wir sahen auf den ersten Blick, daß etwas los war,

was nicht in den gewohnten Tagesablauf paßte. Vor unseren Augen sprangen zwei Deputys in ihren Streifenwagen und fegten mit kreischenden Reifen davon. Der Parkplatz vor dem Office war jetzt leer. Kein Dienstfahrzueg. Und wir wußten aus Erfahrung, daß eine Sheriff-Dienststelle dieser Größenordnung über mindestens drei Wagen verfügte.

Stirnrunzelnd betraten wir die Eingangshalle. Drinnen verbreitete eine intakte Kimaanlage angenehme Kühle.

»Verstanden, Sir. Ende!« Der diensthabende Deputy brüllte es in die Membrane und knallte den Hörer unsanft auf die Gabel. Er blätterte angestrengt in seinem Telefonverzeichnis. Dann riß er den Hörer erneut an sich und malträtierte die Wählscheibe mit fliegenden Fingern. Uns bemerkte er nicht.

Wir blieben vor dem Besuchertresen stehen und warteten geduldig.

»Hallo!« Die Stimme des Deputys paßte zu seinem Äußeren. Er hatte rote Stoppelhaare, einen kantigen Schädel und schaufelförmige Hände, die deutliche Spuren hinterlassen mußten, wenn sie zupackten. »Hallo? Ist dort Erie? Okay. Wo, zum Teufel, bleibt ihr? Der Sheriff wartet seit einer halben Stunde auf eure verdammten Spezialisten.« Er machte eine Pause und lauschte mit offenem Mund. »All right. Hoffen wir's.« Der Hörer flog erneut auf die Gabel. Dann wieder herunter. Die nächste Nummer. »Geben Sie mir Sheriff Jackson«, bellte der Deputy. Er brauchte nicht lange zu warten. »Sir? Sie sind vor fünf Minuten abgefahren. Müssen jeden Moment hier sein. Okay? Ende.« Wieder krachte der Hörer.

Der Deputy schnaufte erregt und schob sich eine Zigarette zwischen die Lippen.

Ich räusperte mich. Sein Rotschopf flog herum.

Phil und ich begrüßten ihn höflich.

»Was wollen Sie?«

»Den Sheriff sprechen«, erklärte ich.

»Kommen Sie morgen wieder«, entschied er. »Heute haben Sie kein Glück. Der Chef ist beschäftigt.«

»Wo steckt er denn?« wollte Phil wissen. »Er muß doch irgendwann wiederkommen.«

»Zum Teufel, ich sagte doch schon . . .«

Wortlos präsentierten wir unsere ID-Cards. »Tut mir leid«, fügte ich hinzu, »Aber einen kompletten Tag können wir nicht warten.«

Der Deputy kam hoch und starrte entgeistert auf unsere Dienstmarken.

Seine Gesichshaut machte seiner Haarfarbe Konkurrenz. »Oh, verdammt«, stotterte er, »FBI? New York?« Reflexartig straffte sich seine Haltung. »Tut mir leid, Gentlemen. Bitte entschuldigen Sie. Ich konnte ja nicht wissen . . .«

Ich winkte ab. »Geschenkt. Was ist nun mit dem Sheriff? Können wir ihn sprechen oder nicht?«

»Er ist noch draußen.« In das Gesicht des Beamten schlich sich grenzenlose Verblüffung. »Aber . . . das verstehe ich nicht. Es ist doch erst letzte Nacht passiert. Und der FBI ist doch noch gar nicht benachrichtigt worden . . .«

Jetzt waren wir an der Reihe, verdutzt zu sein. »Was ist letzte Nacht passiert«, hakte ich reaktionsschnell ein.

»Wissen Sie das nicht?«

»Wie sollten wir?« belehrte ihn Phil väterlich.

Der Deputy war sekundenlang sprachlos. Er schüttelte verwirrt den Kopf. »Draußen in der Papierfabrik«, murmelte er dann, »haben sie eine Frauenleiche gefunden, letzte Nacht. Völlig zerstückelt. Im Holländer, wissen Sie. Das ist so ein Behälter, in dem der Papierbrei gemahlen wird. Der Sheriff wartet jetzt auf die Spezialisten von der Kriminalabteilung in Erie. Wir wissen ja schließlich nicht, was dahintersteckt.«

»Selbstmord?« erkundigte ich mich knapp.

»Keine Ahnung, Sir.«

Phil stieß mich an. »Ich kann mir nicht helfen, Jerry. Aber irgendwie komme ich mir vor wie in einem TV-Krimi. Wo wir auftauchen, ist sofort eine Leiche zur Stelle. Das geht doch nicht mit rechten Dingen zu, oder?«

»Bestimmt nicht«, antwortete ich. »Eine Tote, die in einem Papierbehälter gefunden wird, ist garantiert nicht auf natürliche Weise gestorben.«

»Sir, äh . . .«, meldete sich der Deputy zu Wort. »Soll ich Sheriff Jackson anrufen und ihm etwas ausrichten?«

»Gute Idee«, lobte ich ihn. »Sagen Sie ihm, Cotton und Decker vom FBI New York seien hier und möchten ihn wegen eines gewissen Hank Bellini sprechen. Fragen Sie ihn, ob wir auf ihn warten können oder ob wir nochmals wiederkommen sollen.«

»Sagten Sie . . . Hank Bellini, Sir?«

»Genau. Kennen Sie ihn?«

»Kann man wohl sagen«, brummte der Deputy. »Dieser Bursche macht uns einigen Ärger. Aber das erzählt Ihnen besser der Sheriff. Ich will mir nicht die Finger verbrennen.«

Phil und ich sahen uns an. Wie konnte es angehen, daß ein Polizeibeamter Angst hat, sich die Finger zu verbrennen? Okay, wir wunderten uns nicht weiter darüber und schoben die Fragerei auf. Vielleicht hatte der Sheriff eine interessante Story über unser Jagdobjekt Hank Bellini auf Lager.

Wir warteten, bis der Deputy das Telefongespräch

erledigt hatte. »Der Sheriff bittet Sie, auf ihn zu warten«, verkündete er. »Die Spezialisten aus Erie sind vor zehn Minuten eingetroffen, und er kann jetzt erst mal die Fabrik verlassen. Er wird gleich hier sein.«

Wir folgten dem Deputy in das Büro des Polizeioberhauptes von Fairview und machten es uns in den Besuchersesseln gemütlich. Die Einrichtung war modern, aber nicht aufwendig. Schlichte Büromöbel mit weißer Kunststoffbeschichtung sorgten dafür, daß im Office des Sheriffs etwas weniger behördliche Atmosphäre herrschte als in den übrigen Diensträumen. Hinter dem Schreibtisch hing das Bild des Präsidenten. An der gegenüberliegenden Wand eine Karte von Fairview und Umgebung.

Wir hatten unsere Zigarette knapp zu Ende geraucht, als dumpf hallende Schritte draußen auf dem Flur die Ankunft unseres Gesprächspartners meldeten. Ich hoffte, daß er wirklich so gesprächig sein würde, wie wir es erwarteten. Und nicht, daß er ebenfalls befürchtete, sich die Finger verbrennen zu müssen.

Die Türfüllung reichte gerade aus, um ihm den Eintritt zu ermöglichen. Sheriff Jackson war ein Hüne mit schrankbreiten Schultern und militärischem Crew cut. Ich schätzte ihn auf Anfang Vierzig.

Wir stellten uns vor.

Seine Stimme war der reinste Reibeisenbaß. »Jackson«, nannte er uns seinen Namen, den wir bereits kannten, »Andrew Jackson.« Er sah müde aus. Ränder lagen halbkreisförmig unter seinen stahlblauen Augen. »Sie müssen entschuldigen, wenn ich Sie warten ließ, Gentlemen. Ich bin seit fast zehn Stunden im Einsatz. Da ist man nicht mehr ganz so schnell wie zu Dienstbeginn.« Wir setzten uns. Phil und ich erklärten ihm den Grund unseres Besuchs in Fairview.

Er nickte. Anscheinend erstaunte es ihn nicht sonderlich. »Bevor wir zur Sache kommen,«, meinte er, »was würden Sie von einem Kaffee halten? Ich brauche jedenfalls dringend einen.«

Wir sagten dankend zu. Er griff zum Telefonhörer und bestellte den schwarzen Lebenswecker bei seinem Vorzimmergirl.

Jackson knöpfte umständlich seine Uniformjacke auf. »Sie kommen wegen Hank Bellini«, wiederholte er unsere Worte, als müsse er es bestätigen. »Nach dem, was sich heute nacht in der Papierfabrik abgespielt hat, haben Sie sich entweder den unpassendsten oder aber den passendsten Moment für Ihre Ermittlungen ausgesucht.«

»Ziemlich schwer zu verstehen«, meinte ich. »Sie müßten uns schon etwas genauer aufklären, Sheriff.« Ich wollte ihm nicht unnötig mit lästigen Fragen auf die Nerven gehen. Ich hatte Verständnis für seine Verfassung. Schließlich wußte ich selbst was ein harter Nachtdienst bedeutet. Vorerst würde es uns genügen, etwas über diesen Hank Bellini zu erfahren. Nach der spontanen Reaktion des Deputys zu schließen, würde unser Trip nach Fairview nicht ganz umsonst sein.

Der Kaffee traf ein, serviert von einer drallen blonden Vorzimmer-Fee mit strammen Kurven unter knappsitzendem Minikleid. Sie genoß unsere bewundernden Blicke und quittierte sie mit einem Lächeln.

Jackson wartete, bis sie draußen war. »Wenn Sie wegen Hank Bellini kommen«, begann er, »dann berichte ich Ihnen zunächst am besten über heute nacht.«

»Sagen Sie bloß, der Bursche hat auch damit zu tun!« entfuhr es Phil.

»Schon möglich.« Jackson sagte es mit einer nicht zu

überhörenden Spur von Resignation in der Stimme. »Wir haben bislang wenig Fakten, Gentlemen. Und die sehen folgendermaßen aus: Kurz nach Beginn der Nachtschicht stellt der Schichtführer einen Defekt an einem der Holländer fest. Er sieht nach und entdeckt eine Frauenhand, die aus dem Papierbrei ragt. Wir wurden alarmiert. Sie kennen das ja. Nun, es dauerte mehr als zwei Stunden, bis die Leute von der Fabrik den Holländer entleert hatten. Es war . . .« Jackson sah uns sekundenlang stumm an. »Es war grauenvoll. Ich habe im Krieg einiges miterlebt, das können Sie mir glauben. Aber das hier . . . Wäre der Holländer nur noch eine oder zwei Stunden lang weiter in Betrieb gewesen, dann wäre von dem Mädchen nicht einmal ein Haar übriggeblieben.«

Phil und ich schwiegen. Wir konnten es dem Sheriff nachfühlen. In unserm Beruf sieht man viele Tote. Aber die grausige Phantasie, die Mörder oftmals an den Tag legen, läßt einen ständig von neuem erschauern.

»Wir konnten die Leichenreste nicht identifizieren«, fuhr Jackson fort. Zwischendurch nippte er an dem brühheißen Kaffee. »Die Gerichtsmediziner haben ein hartes Stück Arbeit vor sich. Aber sie müssen es schaffen. Sonst haben wir überhaupt nichts in der Hand. Da einzige Andenken, das der oder die Täter hinterlassen haben, ist ein Loch in der Umzäunung des Fabrikgeländes. Ich nehme an, daß es vor dem Unwetter von gestern abend passiert ist. Denn es sind keinerlei Spuren mehr zu entdecken.«

»Haben Sie keinen Verdacht«, fragte ich gespannt. »Ich meine keine Vermutung, wer die Tote sein könnte?«

»O doch«, nickte Jackson, »wir glauben sogar, es ziemlich genau zu wissen. Wir fanden ein Fahrrad. Es lag unmittelbar vor dem Häuschen, in dem die beiden Wachhunde untergebracht sind. Neben dem Fahrrad war das Futter für die Tier zu Boden gefallen.«

»Es hat also einen Kampf gegeben«, folgerte Phil.

»Vermutlich! Normalerweise versorgte die Tochter des Fabrikbesitzers die Hunde. Soviel habe ich inzwischen aus Hamish Berwyn herausbekommen. Aber gestern abend soll ausnahmsweise Berwyns Sekretärin diesen Job übernommen haben, weil Randy sich krank fühlte und zu Hause geblieben war.«

»Diese Randy ist die Tochter des Fabrikbesitzers?« fragte ich nach.

»Richtig.«

»Wäre es nicht möglich, daß es sich um einen Selbstmord handelt?« überlegte mein Freund.

»Es war kein Selbstmord«, murmelte Jackson.

Ich staunte. »Wie können Sie das jetzt schon wissen?«

In seinem Gesicht lag Bitterkeit. »Ich weiß es, Mr. Cotton. Und deshalb kann ich nichts unternehmen.«

Mir blieb die Spucke weg.

Sheriff Jackson schien es zu bemerken. »Sie haben richtig gehört. Ich kann nichts machen . . . weil ich den Mörder kenne.«

Neben mir wurde Phil energisch. »Hören Sie mal! Als Polizeibeamter müßten Sie doch verdammt genau wissen, daß bei allen Ermittlungen Objektivität das oberste Gebot ist. Da können sie sich doch nicht von vornherein durch einen ziemlich unbegründeten Verdacht leiten lassen.«

Ich mußte meinem Freund beipflichten.

Andrew Jackson protestierte nicht einmal. »Natürlich haben Sie recht«, erwiderte er leise, »aber Sie können nicht wissen, was hier in Fairview vor sich geht. Eine höllisch verstrickte Geschichte. Ich würde Tage brauchen, um Ihnen alles zu erklären.«

Die Sache wurde von Minute zu Minute merkwürdiger. »Beschränken Sie sich auf das Wichtigste,« empfahl ich. »Und sagen Sie uns vor allem, inwieweit unser Job Ihrer Meinung nach mit der Leiche in der Papierfabrik zusammenhängen kann.«

»Okay. Ich werde es versuchen.« Jackson holte Luft. Es schien, als müsse er einen Anlauf nehmen. »Das Ganze ist eine Familiengeschichte. Hamish Berwyn gehört die Fabrik, und damit ist er der Mann, der in Fairview den Ton angibt. Es würde ihn ein Fingerschnippen kosten, uns allen das Wasser abzugraben und diese Stadt von der Landkarte verschwinden zu lassen. Fairview lebt von der Fabrik. Das ist es.«

»Aber Sie als Sheriff doch nicht«, wandte ich ein.

»Sicher nicht. Aber in allem, was mit dem Namen Berwyn zusammenhängt, sind mir die Hände gebunden. Ich kann mich drehen und wenden, wie ich will. Es würde mir nie gelingen, handfeste Beweise zusammenzutragen, weil es keiner riskieren würde, als Zeuge aufzutreten.«

»Beweise?« echote Phil verblüfft. »Gegen wen?«

»Wie gesagt«, lächelte Jackson matt, »eine Familiengeschichte. Hamish Berwyn hat eine Tochter, Randy, sie stammt aus seiner erste Ehe. Nach dem Tod seiner ersten Frau heiratete Berwyn zum zweitenmal. Die jetzige Mrs. Berwyn brachte einen Sohn mit in die Ehe. Mortimer. Der alte Berwyn gab ihm seinen Namen und behandelte ihn in jeder Beziehung wie ein eigenes Kind. Nur hatte er das Pech, daß es ihm dieser Bengel nicht dankte. Als der Alte merkte, worauf er sich eingelassen hatte, konnte er nicht mehr zurück. Oder er wollte nicht. Jedenfalls geht ihm die Familienehre über alles. Und somit deckt er alle Schandtaten seines Stiefsohns mit dem Mantel seines finanziellen Einflusses zu.«

»Sie sprechen von Schandtaten«, hakte ich nach, »Was meinen Sie damit?«

»Dieser Mortimer ist das Schlimmste, was Fairview je passieren konnte. Er hat eine Horde von Gleichaltrigen um sich geschart, die von seinem Geld leben und von dem, was sie zusätzlich verdienen. Die Burschen können mit professionellen Gangstern durchaus mithalten. Jeder weiß es in Fairview. Aber keiner wagt es, den Mund aufzumachen. Und ich . . .«, Jackson zuckte die Achseln. »Ich habe einfach nichts in der Hand. Immer, wenn ich glaube einen Zeugen gefunden zu haben, macht er ein paar Stunden später den Mund nicht mehr auf. Dieser Mortimer terrorisiert unsere Stadt, er erpreßt die Leute und zwingt sie, zu zahlen. Wenn nicht, wird irgendwann ihr Laden demoliert oder sonst etwas . . . Sie kennen das vermutlich.«

Phil und ich waren sekundenlang sprachlos. Alles hätten wir in dieser idyllischen kleinen Stadt erwartet. Aber dies hier . . .

»Wenn Sie mit Ihren Vermutungen recht haben«, meinte ich, »dann eifert Ihr Freund Berwyn junior den Methoden New Yorker und Chicagoer Rackets nach.«

»Warum haben Sie sich nie an den FBI gewendet?« wollte Phil wissen. »Bei Bandenverbrechen sind wir doch . . .«

»Das weiß ich«, winkte Jackson ab, »aber wie soll ich den FBI einschalten, wenn ich nicht einmal beweisen kann, daß es überhaupt eine Bande, geschweige denn ein Bandenverbrechen gibt?«

»Lassen wir das«, meinte ich. »Was ist mit Hank Bellini?«

Der Sheriff sah mich an. »Bellini ist einer der engsten Vertrauten von Mortimer Berwyn. Auch nur eine Vermutung von mir, wenn sie es genau nehmen. Aber Sie können mir glauben. Bellini fährt den Mercedes, der in New York gesehen worden ist. Und er entspricht in seinem Äußeren genau den Zeugenbeschreibungen, die Sie haben. Können Sie sich vorstellen, Mr. Cotton . . .«, Jacksons Stimme wurde hart und energisch, »können Sie sich vorstellen, wie es ein Junge wie Hank Bellini schaffen kann, einen solchen Wagen zu bezahlen? Er hat keinen Job, nirgends in Fairview und nirgends in der Umgebung. Seine Eltern arbeiten beide in der Fabrik, um überhaupt existieren zu können! Wie, zum Teufel, kann Hank Bellini also ein Auto fahren?« Er brach ab und atmete tief durch. Seine Augen funkelten voller Zorn.

Ich mußte einsehen, daß Sheriff Jackson garantiert nicht der Mann war, der seine Pflichten in irgendeiner Weise vernachlässigte. Und ich mußte weiter einsehen, daß er uns nicht nur eine haarsträubende Story auftischte, um sich interessant zu machen. »Nehmen Sie's nicht krumm«, sagte ich daher. »Unser Mißtrauen ist beruflicher Natur. Es ist kein Mißtrauen gegen Sie. Und Sie werden zugeben müssen, daß wir als Fremde in einer Stadt wie Fairview auf den ersten Blick nicht derartige Dinge erwarten.«

»Schon erledigt«, brummte Jackson.

»Was die Tote anbetrifft«, fuhr ich fort, »so ist also Ihrer Meinung nach anzunehmen, daß Mortimer Berwyn dahintersteckt und daß wahrscheinlich die Falsche ermordet wurde.«

»Es ist eine Vermutung!« Der Sheriff lächelte jetzt. »Aber ich bin mir ziemlich sicher. Das heißt, die Schlußfolgerungen sind nicht so einfach. Es hat sich zwar inzwischen herausgestellt, daß die Sekretärin des alten Berwyn nicht zu Hause angekommen ist . . .«

»Aber?« fielen ihm Phil und ich wie aus einem Mund ins Wort.

»Aber Randy Berwyn ist ebenfalls verschwunden.«

In meinem Denkapparat leuchtete eine Warnlampe auf. Ich brauchte zwei Sekunden, um den Sinn dieser Warnlampe zu begreifen. Dann traf ich die Entscheidung. »Was Sie eben sagten, Sheriff, muß so geheim bleiben wie die strategischen Abwehrpläne des Militärs. Niemand darf erfahren, daß der Mörder einem Irrtum unterlegen ist. Es ist die beste Chance, ihn zu fassen.«

Hamish Berwyn starrte unbeweglich auf den See hinaus. Seine Fäuste hatten sich auf dem Rücken verkrampft.

»So sag doch etwas!« flüsterte Lauretta Berwyn. Sie wagte nicht, sich ihm zu nähern. »Bitte, Darling. Du kannst es nicht in dich hineinfressen!« Verzweifelt, vor Nervosität zitternd, wartete sie auf eine Antwort. Und sie zuckte vor Schreck zusammen, als ihr Mann plötzlich herumwirbelte. Das drohende Weiß seiner Pupillen ließ sie erschauern.

»Ich werde nichts in mich hineinfressen!« zischte er kaum hörbar. »Das schwöre ich dir, bei allem, was mir heilig ist. Und ich werde deinen Sohn eigenhändig aus meinem Haus hinausprügeln, wenn er mir noch einmal unter die Augen treten sollte. Es ist aus! Endgültig!« Der keuchende Atem ließ auf Hamish Berwyns innere Erregung schließen. Sein Blick traf Lauretta mit eisiger Kälte.

Sie hatte sich nicht mehr in der Gewalt. Schluchzend

sank sie in einen der weichen Ledersessel. Ihre Hände fuhren durch das toupierte weißblonde Haar. »Mein Gott«, stöhnte sie tränenerstickt, »du tust ihm unrecht. Du kannst doch nicht etwas behaupten, was überhaupt nicht begründet ist. Wie kannst du Mortimer für etwas verurteilen, wenn er sich nicht einmal rechtfertigen kann?«

»Rechtfertigen!« brüllte Berwyn unvermittelt. Seine Schläfenadern schwollen an. »Ich bin kein Richter, verdammt noch mal! Ich urteile nach meinem Gefühl. Und dieses Gefühl sagt mir, daß es der größte Fehler meines Lebens war, deinen mißratenen Sprößling überhaupt aufzunehmen!«

»Hamish, bitte. So darfst du nicht reden!«

»Halt den Mund. Was ich darf, bestimme ich selbst! Und noch eins schwöre ich dir, Lauretta!« Seine Stimme senkte sich zum Flüstern. »Wenn Randy auch nur das geringste passiert sein sollte, werde ich mit allem, was in meiner Macht steht, dafür sorgen, daß dein Sohn Mortimer auf den elektrischen Stuhl kommt!«

Lauretta Berwyn schrie auf wie ein gequältes Tier. »Um Himmels willen! Er ist doch kein Mörder! Ich bin schließlich seine Mutter!«

»Dein Pech. Es interessiert mich nicht. Das ist vorbei. Ich habe mich in den vergangenen Jahren wie ein Dummkopf benommen.«

»Aber du weißt doch, daß Randy gestern abend überhaupt nicht in der Fabrik war. Sie kann es also nicht sein, deren Leiche gefunden worden ist.«

»Es spielt keine Rolle.« Hamish Berwyn ballte die Fäuste, daß die Knöchel weiß hervortraten. »Randy ist verschwunden. Und dafür gibt es nur einen Grund.«

»Oh, Hamish! Du hast für alles eine Erklärung! Dabei

ist überhaupt noch nichts geklärt. Die Tote kann nicht Randy sein. Das ist unmöglich. Du weißt genau, daß Ellen Sparks für sie die Hunde füttern wollte. Also . . .«

»Macht das einen Unterschied? Ist Ellen Sparks ein Mensch, den man eher umbringen kann als meine Tochter? Es gibt keine Unterschiede in dieser Beziehung, merk dir das!«

»So meinte ich es doch nicht, ich . . .«

»Deine Meinung interessiert mich nicht. Schluß damit.«

»Nun gut.« Lauretta stand mit einem Ruck auf und wischte sich die Tränen aus dem ohnehin zerstörten Make-up. Sie wollte hinaus.

»Einen Moment noch«, bestimmte Hamish Berwyn. »Du wirst mit keinem Menschen darüber reden, hast du verstanden? Kein Wort!«

»Aber wieso denn? Ich . . .«

»Du wirst nicht darüber reden! Ich bin dir keine Erklärung schuldig. Und wenn du meine Anordnung nicht befolgen willst, werde ich dich einsperren!«

Der Truck hatte einen kastenförmigen Aufbau und war in schreiendem Lila lackiert. ›Flowers Every Day‹ verkündeten riesige gelbe Buchstaben auf dem lilafarbenen Untergrund. Die Tatsache, daß der Truck vor einem Blumenladen hielt, ließ darauf schließen, daß der Slogan von den täglichen Blumen von einer Großgärtnerei progagiert wurde, die die Läden in der Umgebung belieferte. Der Driver schien ein Anfänger zu sein. Sein auffälliges Gefährt hing quer in der reichlich engen Parklücke. Kleine blaue Wölkchen quollen aus dem Auspuff, und in kurzen Abständen krachten die Zahnräder des Getriebes.

Phil verzog das Gesicht. »Das tut weh«, meinte er. »Der Bursche sollte Nachhilfeunterricht nehmen.«

Wir marschierten auf dem gegenüberliegenden Bürgersteig entlang und beschäftigten uns in Gedanken noch mit den bedeutungsvollen Worten des Sheriffs.

Deshalb achteten wir nicht weiter auf den Truck und seinen Driver, der sich mit viel Mühe aus der Parklücke zu quälen versuchte.

Wir waren etwa auf gleicher Höhe, als er sein blumiges Fahrzeug quer zur Fahrbahn rangiert hatte. Aus den Augenwinkeln heraus sah ich ihn, wie er angestrengt an seinem Lenkrad kurbelte und mit dem Schaltknüppel herumstocherte.

Hank Bellini, dachte ich an unseren Job, du wirst die längste Zeit einen Mercedes gefahren haben.

Es krachte.

Glas zersplitterte, Holz zerbrach berstend, und ein Motor heulte auf. Erschrockenes Stimmengewirr brandete herüber.

Phil und ich wirbelten fast gleichzeitig herum. Wir erfaßten die Bescherung mit einem Blick.

Dieser Pechvogel von einem Driver hatte nach all seiner verzweifelten Lenkradschufterei den falschen Gang erwischt. Das Heck des lilafarbenen Trucks hatte sich in die Schaufensterscheibe des Blumenladens geschoben und die taufrische Dekoration mit ihrer bunten Blütenpracht in einen kläglichen Trümmerhaufen verwandelt.

Aus der zerborstenen Ladentür kam ein hagerer Glatzkopf mit grüner Latzhose gerannt. Wild gestikulierend schoß er auf den Driver zu, der kopfschüttelnd aus seinem Führerhaus kletterte. Im Handumdrehen hatte sich eine dichte Menschentraube gebildet, die aufgeregt diskutierend Truck und Trümmerhaufen umringte.

Phil und ich rannten hinüber. Wir waren Zeugen, und wir waren bereit, bei der Aufklärung des Sachverhalts mitzuwirken. Schließlich mußte der Ladeninhaber seinen Schaden ersetzt bekommen. Und Versicherungen können langweilig sein, wenn der Tatbestand nicht von vornherein hundertprozentig geklärt ist. Mit den Ellenbogen schoben wir uns durch das Gedränge auf die beiden Hauptfiguren des Geschehens zu.

»Haben Sie keine Augen im Kopf, Mann?« schrie der Blumenhändler mit hochrotem Kopf.

Der Driver zuckte die Achseln und grinste schief. »Tut mir verdammt leid, Mister Clayburn. Ich hab' mich im Gang vertan.«

»So! Im Gang vertan!« Blumenhändler Clayburn stemmte die Fäuste in die Hüften. Er funkelte den Driver zornig an. »Und der Schaden? Wer ersetzt mir den, he?«

»Aber, Mister Clayburn!« Der Driver grinste noch schiefer. »Der Truck ist doch versichert. In 'n paar Tagen ist die ganze Geschichte vergessen und Sie haben 'n hübsches neues Schaufenster.«

Einen Moment sah es aus, als wollte Clayburn dem Kerl ins Gesicht springen. Doch dann ließ er die Arme hängen. »Ein paar Tage!« knurrte er. »Das dauert Wochen! Und in der Zwischenzeit kann ich zusehen, wie mir die Konkurrenz die Kunden wegschnappt!«

Ich verspürte auf einmal ein komisches Gefühl. Die Sache schien völlig klar. Der Driver war ein Trottel und hatte seinen Truck aus der Kontrolle verloren. So hatte es ausgesehen. Doch jetzt, aus allernächster Nähe, machte der Bursche beileibe keinen trottelhaften Eindruck mehr. Im Gegenteil. Sein Grinsen war der pure Hohn.

Ich sah mich kurz um. Kein Mensch bequemte sich, die Polizei zu verständigen. Phil sah mich an. Wir dachten das gleiche. Er nickte mir zu und dampfte ab. Ich sah noch, wie er zum Sheriff's Office hinüberlief.

»Melden Sie den Schaden bei meiner Versicherung an«, sagte der Driver gerade. »Zeugen haben Sie ja genug, Mister Clayburn.« Er drückte dem hilflosen Blumenhändler ein Kärtchen in die Hand, das er aus seiner Brusttasche gezogen hatte.

Ich schob mich an die beiden heran. »Moment mal«, erklärte ich forsch. Im gleichen Moment spürte ich, wie sich sämtliche Blicke auf mich konzentrierten. Das aufgeregte Stimmengewirr verstummte.

Offenbar schienen sich alle mächtig für meine Worte zu interessieren.

»Was wollen Sie, zum Teufel?« blaffte mich der Driver an. Er war höchstens fünfundzwanzig Jahre alt, hatte stumpfes braunes Haar und ein unstetes Flackern in den ebenfalls braunen Augen.

»Ich bin einer von den Zeugen«, sagte ich ruhig, »und so billig kommen Sie nicht davon, Freundchen.«

»Sie spinnnen!« entrüstete sich der Driver. Er tippte an seine Stirn und wollte an mir vorbei.

Ich erwischte ihn am Arm und packte zu.

»He!« keifte er schmerzerfüllt. »Lassen Sie mich los! Wer sind Sie überhaupt! Sie haben kein Recht . . .«

Ich zog ihn zu mir heran, bis sein Gesicht ganz nahe war. »Du wirst jetzt ganz artig sein, Kleiner!« zischte ich so leise, daß es die Umstehenden nicht hören konnten. »Deine Story mit dem Schaltknüppel ist nämlich nicht ganz astrein. Du wirst sie dem Sheriff erzählen, und der brummt dir ein handfestes Strafmandat auf. So ist es nämlich hierzulande üblich, wenn einer schuldhaft einen Unfall verursacht.«

»Sie können mich mal!« heulte er. »Der Sheriff kommt überhaupt nicht.«

»Ein schwerwiegender Irrtum«, lächelte ich gütig. »Es kann sich nur noch um Minuten handeln.«

Ich behielt recht. Ich hatte es kaum ausgesprochen, als die Sirene des Streifenwagens erscholl. Der Driver wurde blaß! Erst jetzt bemerkte ich, daß die Leute mich anstarrten, als sei ich ein Fabelwesen aus grauer Vorzeit.

Dann ging alles sehr schnell. Die Menschenmenge machte Platz, als Sheriff Jackson und einer seiner Deputys auf der Bildfläche erschienen. Phil und ich gaben unsere Zeugenaussage zu Protokoll. Der Driver brachte kein Wort mehr hervor. Er starrte mich an, als er von Jackson hörte, daß er vierzig Dollar für sein angebliches Mißgeschick zu berappen hatte. In seinem flackernden Blick lagen Wut und Ungläubigkeit zugleich. Andrew Jackson schickte ihn mit dem Strafmandat auf die Reise. Wir sahen dem Lila des Blumen-Trucks noch eine Weile nach, als er sich mit heulendem Motor entfernte.

Der Ladenbesitzer war noch immer fassungslos. Er stand mit hängenden Schultern neben uns und blickte Phil und mich fortwährend kopfschüttelnd an.

»Sie gehen ganz schön ran«, meinte Jackson und kniff die Augen zusammen.

»Reiner Zufall«, erwiderte ich. »Wir haben den Zwischenfall nicht bestellt.«

»Ihr Eingreifen wird eine Menge Aufsehen erregen«, versicherte der Sheriff.

»Das hat es schon.« Phil deutete lächelnd auf die Menschen, die jetzt wieder angeregt diskutierten.

Jackson verabschiedete sich. Er hatte im Moment Wichtigeres zu tun.

Wir schnappten uns den Glatzkopf namens Clayburn

und verschwanden mit ihm in seinem demolierten Laden. Der Verkaufsraum schwamm im Wasser umgestürzter Vasen! In der Luft hing ein Duftgemisch von Hunderten zerquetschter Blüten. Glasscherben knirschten unter unseren Schuhsohlen, als wir Clayburn in sein Büro folgten, das noch intakt war.

Er schloß die Tür hinter uns und schnappte erst einmal nach Luft. »Also, wissen Sie«, japste er, »die Sache wird für mich verdammt böse Folgen haben. Sie können sich gar nicht vorstellen, was Sie da angerichtet haben . . .« So ähnlich hatte ich es mir gedacht. Dankbarkeit war von ihm am allerwenigstens zu erwarten gewesen. Aber ganz so vorwurfsschwanger brauchte er sich denn doch nicht aufzuführen. »Fangen Sie erst mal an, sich zu beruhigen,«, empfahl ich ihm, »und dann erklären Sie uns ganz in Ruhe, warum der Kerl Ihnen die Ladenfront eingerammt hat.«

Clayburn dachte gar nicht daran, sich zu beruhigen. Statt dessen wurde er noch nervöser. »Warum wollen Sie mich aushorchen«? wunderte er sich. »Mit welcher Berechtigung eigentlich?«

Wir holten wortlos unsere ID-Cards heraus und zeigten sie ihm. Es wirkte.

»Wir gehören zufällig zu einem Verein, dem krumme Machenschaften ganz und gar nicht in den Kram passen«, erklärte ich. »Deshalb brauchen Sie sich aber nicht einzubilden, daß wir extra Ihretwegen hergekommen sind.«

»FBI!« hauchte Clayburn mit runden Augen. »Das gibt's doch nicht!«

»Doch, doch«, beruhigte ihn Phil, »zum Leidwesen der Unterwelt sind wir überaus existent.«

»Eine Unterwelt gibt es in Fairview nicht«, behauptete Clayburn fingerknetend.

»Keine große«, lächelte ich, »Aber eine kleine ganz bestimmt. Wollen Sie jetzt vielleicht endlich damit herausrücken, was der Trümmerhaufen, der mal Ihr Laden war, zu bedeuten hat?«

»Ich weiß nicht«, jammerte er. »Sie haben doch alles miterlebt. Es war ein Versehen. Mehr kann ich dazu nicht sagen.«

»Sie könnten eine Menge sagen«, drohte Phil, »aber Sie wollen nicht. Man sieht es Ihnen an der Nasenspitze an, Mensch! Seien Sie ein Mann, und rücken Sie damit heraus!«

Ich wollte Phils ruppige Aufforderung abschwächen und den armen Clayburn beruhigen. Aber zu meinem Erstaunen stellte ich fest, daß Phils Worte ihre Wirkung keineswegs verfehlt hatten.

»Sie machen mich fertig!« stöhnte der Blumenhändler. »Ich bin erledigt, wenn es herauskommt!«

»Wenn was herauskommt«? bohrte ich.

»Daß ich Ihnen was gesagt habe!«

»Wenn Sie weiter den Stummen spielen, können wir Ihnen nicht helfen«, stellte Phil kategorisch fest.

»Also gut«, ächzte Clayburn, »Sie lassen ja doch nicht locker. Ich habe nicht rechtzeitig gezahlt, deswegen haben sie mir den Laden demoliert. Das ist alles. Es war kein Irrtum, es war volle Absicht. Und ich werde nicht das geringste dagegen unternehmen, wenn Sie das glauben sollten. Ich werde auch keine Anzeige erstatten! Nein, gar nichts werde ich tun, nichts . . .« Die Worte sprudelten immer schneller aus ihm hervor.

»Sie werden für ein paar Tage verreisen«, beendete ich seine Rede.

Sein Unterkiefer klappte herunter. Er schien es nicht zu begreifen, daß wir plötzlich keine Fragen mehr hatten. »Verreisen? Wieso das?«

»Folgen Sie unserem Rat«, empfahl Phil, »dann gehen Sie allen Schwierigkeiten aus dem Weg. Verkaufen können Sie sowieso nichts. Also sehen Sie sich den Rummel aus sicherer Entfernung an, und rufen Sie in der nächsten Zeit mal Ihre Bekannten in Fairview an. Dann werden Sie schon hören, wann Sie zurückkommen können.«

Ich glaubte meinem Freund aufs Wort. Es würde Rummel geben. Daran bestand nicht der geringste Zweifel mehr.

Wir marschierten zurück zum Hotel, um unseren geliehenen Toronado startklar zu machen. Was uns jetzt bevorstand, konnten wir nicht mehr zu Fuß erledigen. Unter Umständen würden wir auch noch einen zweiten Wagen brauchen, wenn wir getrennt operieren mußten. Sheriff Jackson würde uns dabei behilflich sein, das stand fest.

Wir ließen den Flitzer auftanken, stellten ihn vor dem Hotel ab und begaben uns auf unsere Zimmer. Wir machten uns fit. Vor allem legten wir unser notwendiges Zubehör an, das wir bislang im Koffer gelassen hatten. Es war ein vertrautes Gefühl, den 38er in der Achselhöhle zu spüren.

Wir hatten vor, uns die Stadt anzusehen. Mit allem, was dazugehörte. Von innen, von außen – ganz einfach von allen Seiten. Wir kutschierten also mit unserem Toronado durch die Gegend und hatten dabei praktisch nur eine Absicht im Auge: gesehen zu werden. Fairview mußte wissen, daß wir da waren, und gewisse Leute mußten wir aus ihrer Reserve locken. Wenn wir es durch unser Auftreten bei dem Blumenhändler nicht schon getan hatten . . .

Unterwegs redeten wir nicht viel. Wir waren vollauf damit beschäftigt, Überlegungen anzustellen und die Zusammenhänge, die Sheriff Jackson uns geschildert hatte, gedanklich auszubauen.

Der Mord mußte teuflisch genau bis ins kleinste Detail geplant gewesen sein. Ich ertappte mich dabei, daß ich ebenfalls nicht mehr im entferntesten an einen Selbstmord dachte. Es sprach zuviel dagegen. Allein das umgekippte Fahrrad, das verstreute Hundefutter und das Loch im Zaun.

Aber dennoch hatte der Mörder einen Fehler begangen, von dem er hoffentlich so bald nichts erfahren würde. Er mußte damit gerechnet haben, daß dieser Holländer nicht stehenbleiben würde. Wie hatte Jackson gesagt? Von dem Mädchen wäre nicht einmal ein Haar übriggeblieben ...

Die Erklärung für den Defekt des Rührwerks war simpel. Von Andrew Jackson hatten wir erfahren, daß ein Schuh mit Stahleinlage zwischen den Stahlmessern steckengeblieben war. Und diese Einlage war hart genug gewesen, um den Holländer vorzeitig zu stoppen. Etwas, womit der Mörder garantiert nicht gerechnet hatte.

Meines Erachtens mußte die Identität des Mädchens trotz der grauenhaft zerstückelten Leiche von den Gerichtsmedizinern in Erie einigermaßen prompt geklärt werden. Allein der Schuh mit der Stahleinlage bot genügend Aufschluß. Schließlich ging es aller Wahrscheinlichkeit nach nur darum festzustellen, ob die Tote Randy Berwyn oder eben die Sekretärin des alten Berwyn war.

Trotz allem wußte ich, daß wir nicht viel Zeit haben würden. Sheriff Jackson würde sein Bestes tun, um die Identität der Leiche und den Mord so weit wie möglich geheimzuhalten. Aber ich kannte kleinstädtische Verhältnisse eben zu gut. Es würde unvermeidbar sein, daß in Kürze die wildesten Gerüchte zu kursieren begannen, und spätestens dann würde auch der Mörder gewarnt sein.

Nach unserer Rundfahrt machten wir noch eine Stippvisite im Office des Sheriffs. Ich telefonierte von Jacksons Büro aus mit Mr. High. Im Hotel war es mir zu riskant, obwohl dem Inhaberehepaar durchaus Vertrauen zu schenken war. Wie gesagt, Kleinstadtverhältnisse, die ich nur zu gut kannte.

Im Telegrammstil informierte ich den Chef. Phil hatte sich den Zweithörer über das Ohr gestülpt.

Mr. High ist im allgemeinen sehr beherrscht. Aber nach meiner Schilderung konnte selbst er seine Überraschung nicht verbergen. »Halten Sie mich unbedingt auf dem laufenden, Jerry«, bat er eindringlich, »und wenn es erforderlich wird, bekommen Sie schnellstens Verstärkung. Ich werde vorsorglich das FBI-Büro in Harrisburg verständigen.«

Harrisburg ist die Hauptstadt von Pennsylvania. Ich war allerdings überzeugt, daß wir keine Verstärkung brauchen würden, und sagte es dem Chef.

»Wir werden sehen«, meinte Mr. High. »Eins ist wichtig, Jerry: Versuchen Sie, diesen Hank Bellini so schnell wie möglich aufzuspüren, und dann nehmen Sie ihn fest. Für den Haftbefehl garantiere ich.«

Ich lächelte. »Ich hatte den gleichen Gedanken, Sir.«

Die ersten Untersuchungsergebnisse aus Erie trafen noch am gleichen Abend ein. Sheriff Jackson erhielt einen telefonischen Vorbericht von der Kriminalabteilung der State Police in Erie.

Er rief uns im Hotel an. Draußen war es bereits dunkel, als wir in sein Office eilten. Diesmal nahmen wir den Toronado mit, denn wir hatten vor, mit dem Flitzer noch einen Trip zu unternehmen.

Jackson hatte das Telefongespräch auf Band aufgenommen. Er ließ es ohne große Einleitung ablaufen. Wir waren so gespannt wie Zehnjährige am Tag vor Heiligabend. Die Stimme des Beamten aus Erie klang nüchtern und durch die Telefonverbindung etwas blechern.

». . . ist die Todesursache nicht mit endgültiger Sicherheit zu ermitteln. Die Obduktion wird jedoch noch fortgesetzt. Nach Meinung des leitenden Arztes reichen die vorhandenen Leichenreste allerdings für ein hundertprozentiges Urteil nicht aus. Es bleibt also offen, ob das Mädchen erst durch das Rührwerk des Holländers getötet wurde, oder ob sie schon tot war, bevor sie hineingeworfen wurde. Neben den Kleiderresten, die gefunden wurden, sind außerdem die Reste einer Armbanduhr und die beiden Schuhe mit den Stahleinlagen vorhanden. Weiter wurde bei der Obduktion festgestellt, daß die Getötete einen Knöchelbruch am linken Fuß hatte, etwa zwei Jahre alt. Wir haben davon ein Röntgenbild anfertigen lassen und schicken es Ihnen . . .«

Sheriff Jackson stellte das Tonbandgerät ab. »Der Rest ist uninteressant«, sagte er. »Ich habe bereits wegen des Knöchelbruchs telefoniert.«

»Schießen Sie los!« forderte ich.

»Beim hiesigen Krankenhaus ist nicht bekannt, daß Randy Berwyn dort in den letzten drei Jahren behandelt worden ist. Jedenfalls gibt es keine Krankengeschichte. Dafür gibt es aber eine über Ellen Sparks. Es ist genau sechsundzwanzig Monate her. Sie wurde damals nach vierzehntägiger Behandlung mit einem Gipsverband entlassen, und zwar handelte es sich um einen Knöchelbruch am linken Fuß. Ellen Sparks war in der Fabrik von einer Leiter gestürzt, als sie Unterlagen aus dem Archiv holen wollte.«

Es dauerte eine Sekunde, bis wir es verdaut hatten.

»Das bedeutet, daß Randy Berwyn lebt«, folgerte Phil stirnrunzelnd.

»Haben Sie schon eine Spur von ihr?« erkundigte ich mich bei Jackson.

Er schüttelte den Kopf. »Sie ist nach wie vor verschwunden. Ich überlege jetzt, ob ich dem alten Berwyn das Untersuchungsergebnis mitteilen soll oder nicht. Es könnte sein, daß wir damit die beabsichtigte Geheimhaltung zunichte machen.«

Ich überlegte kurz. »Überlassen Sie es mir«, schlug ich dann vor. »Ich habe nicht vor, mich in Ihre Ermittlungen einzumischen. Wir verfolgen nach wie vor in erster Linie unseren Auftrag, Hank Bellini zu fassen. Aber ich werde mich mit Hamish Berwyn unterhalten müssen. Und wenn es Ihnen nichts ausmacht, werde ich dann gegebenenfalls mit ihm darüber reden.«

»Machen Sie sich deswegen keine Gedanken«, winkte Jackson ab. »Ich gehöre nicht zu den Polizeibeamten, die Kompetenzneid entwickeln, wenn andere vor ihrer Haustür arbeiten. Ich bin so ehrlich zuzugeben, daß ich es in diesem Fall ohnehin nicht allein schaffen würde.«

Ich nickte dankend. Dieser Andrew Jackson war jener Typ eines Kollegen, mit dem man prächtig auskommen konnte.

»Wir können anfangen«, entschied Phil, »was wir wissen wollten, wissen wir jetzt.«

»Stimmt genau«, antwortete ich und wandte mich an

den Sheriff. »Können Sie uns einen Tip geben, wo wir Hank Bellini finden? Nach der Zulasssung seines Wagens wohnt er in der Niagara Street.«

»Das ist die Adresse seiner Eltern. Dort werden Sie ihn garantiert nicht finden. Entweder treibt er sich irgendwo draußen auf dem See herum, oder er kurvt mit seinem Schlitten durch die Gegend, oder aber er hockt in der Kneipe, in der sich diese Burschen regelmäßig treffen.«

»Von den drei Möglichkeiten dürfte nur die letztere erfolgversprechend sein«, resümierte ich. »Wie heißt die Kneipe?«

»Sharkey's Inn. Sie liegt direkt am Hafen, überhaupt nicht zu verfehlen. Den Wagen kennen Sie ja, und wie Hank Bellini aussieht, wissen Sie auch.«

»Wenn er uns über den Weg läuft, werden wir ihn nicht übersehen«, versicherte mein Freund grimmig.

Nach allem, was in Fairview passiert war, durften wir nämlich nicht vergessen, daß wir einen Mord aufzuklären hatten, der in New York, Stadtteil Bronx, geschehen war. Was daraus weiter folgerte, würde sich ergeben.

»Wenn Sie Unterstützung brauchen, rufen Sie an«, sagte Sheriff Jackson noch, während wir hinausgingen.

»Vielen Dank, erwiderte ich, »hoffentlich müssen wir auf Ihr Angebot nicht zurückkommen.«

Wir kletterten in unseren Toronado und rollten mit verhaltenem Tempo die Main Street hinunter.

Ich fieberte darauf, weiterzukommen. Wir mußten Hank Bellini erwischen. Und dann kam die nächste Aufgabe. Randy Berwyn mußte gefunden werden.

Daß sie in höchster Gefahr schwebte, war für mich so klar wie das Wasser im Lake Erie.

Wir ließen den Toronado in einer Nebenstraße vor dem Hafengelände stehen und legten die restliche Strecke zu Fuß zurück.

Die Dunkelheit begünstigte unser Vorhaben. Zwar trugen wir durchschnittliche Straßenanzüge, in denen jeder zweite Amerikaner herumläuft, aber an einem Treffpunkt langhaariger junger Männer waren wir damit so auffällig wie Zebras.

Wir passierten die Stelle, wo die Hauptstraße in Richtung Erie abzweigte. Zum Hafen hin verengte sich die Fahrbahn um einige Yard. Dafür wurden die Bürgersteige breiter.

Vorbei an zweigeschossigen Wohnhäusern, hinter deren Fenstern das bläuliche Licht der Fernsehbildröhren flackerte, erreichten wir den Vorplatz des Hafens, der die Größe eines Footballfeldes hatte und mit Betonsteinen gepflastert war. An zwei Seiten wurde das Gelände von Gebäudefronten begrenzt. Zum See hin endete der Vorplatz an einer rechtwinkligen Kaimauer, von der aus mehrere Bootsstege auf das Wasser hinausführten. Peitschenmastlampen spendeten genügend Licht, um auch noch die Boote erkennen zu können, die am weitesten draußen vertäut waren.

Etwa in der Mitte des Platzes war ein Rechteck mit weißen Linien gekennzeichnet. Auf den einzelnen Feldern des Rechtecks parkten Autos. Es gab noch einige Lücken zwischen den Limousinen, auf deren Blech die Reflexe des Neonlichts funkelten.

Wir gingen rechts an der Häuserfront in Richtung See und ließen dabei unsere Blicke über die parkenden Wagen schweifen. Ein Mercedes war nicht darunter. Schräg hinter dem Parkplatz waren die grellroten Buchstaben einer Leuchtreklame zu erkennen. ›Sharkey's Inn‹. Der Laden hatte vier undurchsichtige Milchglasfenster, hinter denen es ebenfalls rot schimmerte. Eigentlich wirkte das Ganze in der Hafenlandschaft recht malerisch. Etwa so, wie sich Lizzy Smith aus Nebraska das Matrosenleben vorstellt.

Wir hatten Glück und fanden eine zweite Kneipe, mehr bürgerlicher Schattierung. Der Inhaber hatte die sommerlichen Temperaturen ausgenutzt und vier Tische nach draußen gestellt. Jeder Tisch stand unter einem Sonnenschirm mit Rüschenrand.

Zwei Tische waren noch frei. Wir suchten uns einen davon aus und nahmen es in Kauf, daß uns die Männer an den Nachbartischen minutenlang neugierig anstarrten. Nach unserem Auftritt vor dem Blumenladen schienen wir in Fairview bereits populärer zu sein als die Beatles. Es dauerte eine Weile, dann kümmerten sie sich nicht weiter um uns. Der weißbeschürzte Wirt servierte uns kühles Bier, und wir konnten ungehindert den Ausblick auf den Parkplatz genießen. Aus dem Inneren des Lokals drang leise Swingmusik im Glen-Miller-Stil.

Kein Fahrzeug, das sich auf dem Hafenvorplatz bewegte, konnte uns entgehen. Unser Standort war ausgezeichnet. Das Bier war nicht minder gut, und eigentlich hätten wir uns dabei wohl fühlen können. Aber wenn man hinter einem mutmaßlichen Mörder her ist, gibt es kein Gefühl von Gemütlichkeit.

›Sharkey's Inn‹ war etwa zweihundert Yard von unserem Beobachtungsposten entfernt. Eigentlich hätte ich hämmernde Beatmusik erwartet. Aber hinter den roten Fenstern des Ladens drang kein Laut hervor.

Nur noch vereinzelt waren Fußgänger unterwegs, die den Abendspaziergang nach einem heißen Tag genossen. Zwei- oder dreimal legte während unserer Warterei ein Segelboot an, das von weit draußen hereinkam.

Jedesmal fuhr wenig später eine der parkenden Limousinen ab.

Wir saßen die erste Stunde ab, ohne daß etwas passierte. Längst waren wir von Bier zu Orangensaft übergewechselt. Schläfrigkeit konnten wir jetzt am allerwenigsten gebrauchen. Ich hatte keine Ahnung, wann Hank Bellini und seine Kumpane normalerweise aufzutauchen pflegten. Es war noch nicht mal neun Uhr abends. Wenn wir Pech hatten, erschien Bellini erst um Mitternacht. Wenn überhaupt ...

Immer wieder prägte ich mir die übereinstimmenden Beschreibungen ein, die die Zeugen in New York von Bellini abgegeben hatten. Von jenem jungen Mann, von dem wir erst jetzt wußten, daß er wirklich Bellini war.

Zwischendurch mußten wir uns öfter die Beine vertreten. Einmal marschierten wir bis zur Kaimauer und zurück. Die Leute an den Nachbartischen waren bereits aufgebrochen. Wir waren die einzigen, die noch vor dem Lokal ausharrten. Und es wurde merklich kühl.

Ich sah zum wiederholten Mal auf das Zifferblatt meiner Armbanduhr. Halb elf.

»Scheint so, als ob wir Pech haben«, meinte Phil pessimistisch.

Er sprach mir aus der Seele. Aber ich wollte noch nicht aufgeben.

Eine halbe Stunde später glaubte ich meinen Augen nicht zu trauen. Was da mit abgeblendeten Scheinwerfern auf den Hafenvorplatz rollte, war kein Mercedes.

Es war ein Jaguar.

Ich mußte mich beherrschen, um nicht aufzuspringen. Der Jaguar glich meinem eigenen Flitzer aufs Haar. Bis auf die Farbe. Dieser hier war metallicblau. Dumpf brummend rangierte er in eine freie Parklücke.

»Ich bin gespannt, war für Überraschungen wir in diesem Kaff noch erleben«, murmelte Phil.

Ich antwortete nicht. Statt dessen konzentrierte ich mich auf die Leute, die aus dem Jaguar kletterten. Dank der Peitschenmastlampe konnte man einigermaßen gut sehen.

Eine Sekunde später wußte ich, daß die Jaguar-Insassen ›Sharkey's Inn‹ aufsuchen würden. Ihrem Aussehen nach gab es keine andere Möglichkeit. Der Fahrer war dunkelhaarig. Und seine Haare verdeckten die Ohren vollständig.

Der Beifahrer – mir stockte der Atem.

Blond, breitschultrig und hochgewachsen. Ein durchtrainierter Typ. Sein Gesicht sah ich nur im Profil. Aber ich wußte es sofort.

Hank Bellini spazierte vor unseren Augen in die Kneipe mit dem roten Licht. Sie waren zu zweit. Wer der andere war wußte ich nicht. Aber ich hatte eine Ahnung.

Phil hatte Bellini ebenfalls bemerkt. »Auf den Mercedes hätten wir lange warten können«, meinte er.

Wir beobachteten Bellini und seinen Begleiter, bis sie hinter der Tür unter den roten Leuchtbuchstaben verschwanden. Vielleicht war es nur ein Zufall, aber vielleicht war Bellini auch vorsichtig geworden, und er riskierte es nicht mehr, mit seinem Mercedes in der Öffentlichkeit herumzukurven. Daß er sich trotzdem noch sicher fühlte, bewies die Tatsache, daß er in seiner Stammkneipe aufkreuzte.

Zwischen Phil und mir gab es nichts mehr zu besprechen. Ohne viel Worte ließen wir unsere Aktion anrollen. Wir warteten fünf Minuten. Dann bezahlten wir unsere Zeche und machten uns auf die Socken.

Wie harmlose Spaziergänger schlenderten wir quer

über den Hafenplatz in Richtung auf die parkenden Fahrzeuge. Wir kamen an dem Jaguar vorbei. Ich notierte die Buchstaben und Ziffern des Kennzeichens in meinem Gedächtnis.

Dann waren es nur noch zwanzig Yard, die wir bis zu Sharkey's Inn zurückzulegen hatten. Wenn wir jetzt von dort beobachtet wurden, konnten wir uns nicht mehr mit Harmlosigkeit tarnen.

Aber wir hatten Glück. Hinter den rotbeleuchteten Fenstern rührte sich nichts und auch die Tür blieb geschlossen. Zum Eingang der Kneipe führten zwei Stufen hinunter.

Phil hielt sich in zwei Schritt Entfernung, als ich die Klinke herunterdrückte. Wenn es darauf ankam, brauchten wir Bewegungsfreiheit.

Ich rechnete mit einer verschlossenen Tür, aber sie war offen. Lautlos, in gutgeölten Angeln, schwang sie auf. Ohne zu zögern trat ich ein. Ich betrat ein quadratischen Vorflur, an dessen Decke eine nackte rote Glühbirne U-Boot-Beleuchtung ausstrahlte.

Links gab es keine Wand. Statt dessen einen schweren Samtvorhang, hinter dem dumpfes Stimmengemurmel zu hören war. Keine Musik, nur das Gemurmel. Es hörte sich an wie ein Klub gesprächiger Jugendlicher, die die einzige Erfüllung ihres Beisammenseins in endlosen Diskussionen sehen. Zumindest von einem der Kneipenbesucher wußte ich jedoch, daß er alles andere als diskutierfreudig war, sondern eher die Sprache einer blanken Klinge schätzte.

Phil schob sich hinter mir herein und drückte die Tür ins Schloß. Ich schlug den Vorhang auf und steuerte ins Ungewisse. Mein Freund folgte mir im nötigen Sicherheitsabstand.

›Sharkey's Inn‹ war keine Kneipe im herkömmlichen

Sinn. Der Raum war rechteckig, schlauchförmig. Unter einer niedrigen Decke gruppierten sich scheinbar wahllos flache Tische mit kurzen Stelzenbeinen aus Stahl, ringsherum dienten matratzenähnliche Polster als Sitzgelegenheiten.

Dem Eingang gegenüber befand sich am hinteren Ende des Raumes eine Theke, die in schummriges Licht getaucht war. Ein einzelner Mann war dahinter beschäftigt. Aus der Entfernung konnte ich nur erkennen, daß er wuscheliges Lockenhaar hatte und allem Anschein nach jener Sharkey sein mußte, dem der Laden seinen Namen verdankte.

Fast alle Sitzpolster waren von langhaarigen Jugendlichen mit Beschlag belegt. Ihr Alter war ausnahmslos schwer zu schätzen; sie konnten ebensogut achtzehn als auch achtundzwanzig sein. Die meisten hatten sich eine atemberaubende Aufmachung zugelegt, die mit halbhohen Lederstiefeln, breiten Gürteln und mantelähnlichen Umhängen überdeutlich den Titelfiguren aus neuesten Brutal-Western italienischer Prägung glichen.

Das Licht war auch hier drinnen rötlich und gedämpft. Zigarettenrauch mit unverkennbar süßlichem Einschlag hing unter der Decke.

Unser Erscheinen wurde nicht sofort bemerkt. Phil und ich hatten etwa die Mitte des schlauchförmigen Raums erreicht, als wir spürten, wie sich die Blicke auf uns konzentrierten. Das angeregte Gemurmel ebbte ab. Ich kümmerte mich nicht darum.

Es war nicht ganz einfach, unter diesen Tpyen, die sich alle irgendwie ähnelten, den Gesuchten auf Anhieb herauszufinden. Hinzu kam das rote Dämmerlicht. Ich strengte meine Augen an.

Wir mußten kurzen Prozeß machen, mußten Hank

Bellini greifen, bevor die Versammlung überhaupt zur Besinnung kam. Ich war mir klar darüber, daß wir nicht unerhebliche Schwierigkeiten bekommen konnten, wenn diese diskutierfreudige Gesellschaft zum Angriff überging.

Ich entdeckte ihn. Hinten rechts, nicht weit von der Theke entfernt. Er saß mit dem Jaguar-Fahrer zusammen. Jeder von den beiden hatte sich mit einem Girl ausgestattet oder umgekehrt. Wer konnte wissen, wie in diesem Laden die Bräuche waren?

Die Girls hatten krause Zottelmähnen und qualmten Zigaretten, als hätten sie den Auftrag, Skarkeys Kneipenwände zu bräunen.

Ich beschleunigte meine Schritte. Blitzschnell hatte ich den Tisch erreicht. Phil umrundete mich und baute sich links von mir auf, so daß er den gesamten Laden einigermaßen überblicken konnte.

»Hallo, Bellini!« sagte ich laut und deutlich.

Der Blonde ruckte herum und starrte mich an. Sein Jaguar-Freund und die beiden Girls auch.

»Was wollen Sie?« knurrte der Blonde.

Mir genügte es als Bestätigung, daß er es war. Mit einem kurzen Griff präsentierte ich meine ID-Card. Seine Augen wurden kreisrund. »Stehen Sie auf, Bellini, und kommen Sie mit«, forderte ich ihn auf. »Sie sind verhaftet. Ich mache Sie darauf aufmerksam, daß alles, was Sie von jetzt ab sagen, gegen Sie verwendet werden kann«, leierte ich pflichtgemäß die Formel herunter.

Er kam hoch wie von einem Schleudersitz. »Ein Bulle!« lachte er schrill und lautstark. »Ein gottverdammter Bulle, und er will mich verhaften! Ausgerechnet mich!« Sein irres Gelächter hallte von den kahlen Wänden zurück.

Ich ließ mich nicht täuschen. Es war seine Masche, doch sie zog bei mir nicht. Wie hingezaubert lag der 38er in meiner Rechten. Ich konnte kein Risiko eingehen. Wenn uns Hank Bellini durch die Lappen ging, war alles Weitere im Eimer. Deshalb war ich entschlossen, mit aller Härte dafür zu sorgen, daß Bellini hinter Gitter kam.

Sein künstlich hochgespieltes Gelächter brach ab, als er das brünierte Metall meines Dienstrevolvers sah. Bellini wich zurück an die Wand. Um die Nasenspitze herum wurde er blaß.

Ich sah deutlich, wie es hinter seiner Stirn krampfhaft arbeitete. Doch er wurde einer Reaktion fürs erste enthoben.

Der Jaguar-Fahrer stand langsam auf. Mit einer Handbewegung scheuchte er die beiden Girls weg. Es war so still geworden, daß man die berühmte Stecknadel hätte fallen hören.

Phil hatte ebenfalls seinen Revolver gezogen. Er hatte den Jaguar-Boy im Visier. »Was wollen Sie von Hank?« fragte der Bursche leise. »Was soll er getan haben, daß der FBI hinter ihm her ist?«

»Es reicht aus, um ihn für immer aus dem Verkehr zu ziehen«, informierte ich den Jaguar-Fahrer, von dem ich zu wissen glaubte, wer er war. »Ihr Freund Hank Bellini hat vor drei Tagen in New York einen Menschen umgebracht. Und wir haben genügend Zeugen dafür. Es gibt keine Chance für ihn!«

»Verdammter Blödsinn!« heulte Bellini los. »Ihr könnt mich doch nicht einfach kassieren!«

Ich wollte ihm noch sagen, daß wir gerade das sehr gut konnten, kam aber nicht mehr dazu. Entweder hatte Hank Bellini keinen Grips im Kopf, oder aber er wollte eine Schau abziehen.

Urplötzlich blitzte das Stilett in seiner Rechten.

»Laß den Quatsch, Hank!« brüllte der Jaguar-Fahrer.

Aber Bellini hörte nicht. Wie ein gereizter Stier ging er mit blutunterlaufenen Augen auf mich los.

Ich schoß ihm das Messer aus der Hand. Die Detonation des Schusses hallte dröhnend durch den schlauchförmigen Raum. Hinter Bellini bohrte sich die Kugel in den Putz der Wand. Das Stilett landete scheppernd in der nächsten Ecke.

Der blonde Messerstecher stand wie vom Blitz getroffen. Ungläubig starrte er auf seine blutende Rechte. Dann erst schrie er vor Schmerz auf.

Phil blickte zu mir herüber. Ich sah, daß er kaum spürbar nickte. Und ich fühlte seine Zustimmung zu meiner Reaktion. Ich hatte keine andere Wahl gehabt. Wir durften uns die Situation nicht aus der Hand gleiten lassen, wenn wir heil und mit Hank Bellini im Schlepp diesen Laden verlassen wollten.

Die atemlose Stille in ›Sharkey's Inn‹ verwandelte sich von einer Sekunde auf die andere in eine unausgesprochene Drohung, die fast körperlich spürbar in der Luft lag. Bellinis Geschrei ging in ein schmerzerfülltes Wimmern über. Er krümmte sich und preßte seine blutende Rechte mit der Linken. Seine Angriffslust war vollends dahingeschmolzen.

»Kommen Sie, Bellini!« forderte ich schneidend. »Staatsanwalt und Richter warten auf Sie.«

Er schien es nicht gehört zu haben. Angstvoll und hilfesuchend sah er zu seinem Jaguar-Freund hinüber, der immer noch unbeweglich an der gleichen Stelle stand und mich mit der Freundlichkeit eines ausgehungerten Grizzlys betrachtete.

»Verdammt noch mal, Mort«, preßte Bellini erstickt hervor, »du wirst doch nicht zulassen, daß diese Bullen mich einfach mitnehmen! Das kannst du doch nicht, Mort! Du hast doch gesagt . . .«

»Halt den Mund!« zischte der Jaguar-Fahrer böse.

»Sie sind also Mortimer Berwyn«, stellte ich fest.

»Freut mich, daß mein guter Ruf bis zu Ihnen vorgedrungen ist, Mr. FBI«, erwiderte Berwyn mit bösartigem Grinsen. Seine Stimme klang leidenschaftlos und ohne Erregung, als er weitersprach. »Ich verstehe nur nicht, Mr. FBI, wie Sie auf den Gedanken kommen, meinen Freund Hank hier herausholen zu wollen. Glauben Sie im Ernst, daß Ihnen das gelingen wird?«

Ich blieb ruhig. »Wir sind zu zweit, Berwyn. Und zu zweit haben mein Kollege und ich schon schwerbewaffnete Gangster kassiert, denen Sie und Ihre Kumpane nicht einmal im Traum das Wasser reichen könnten.«

»Wie kommen Sie darauf, uns mit Gangstern zu vergleichen«? fragte Berwyn scheinheilig.

»Ihr Freund Bellini ist einer«, belehrte ich ihn. »Das genügt uns.«

»Sie sind verdammt voreilig mit Ihrer Meinungsbildung, Mr. FBI.«

Berwyn klappte pötzlich in sich zusammen. Sein Angriff kam unerwartet, aber doch nicht überraschend genug. Mit einem blitzartigen, kraftvollen Hechtsprung flog er über den flachen Tisch hinweg auf meine Beine zu.

Mein Bewußtsein registrierte es mit der Genauigkeit eines unbestechlichen Computers. Bellini wich zurück an die Wand. In seinen Augen leuchtete Triumph auf.

Ich reagierte mit einem kurzen Sidestepp, konnte aber nicht mehr verhindern, daß Berwyn mein linkes Bein in Kniehöhe zu fassen bekam. Ich verlor das Gleichgewicht, blieb aber auf den Beinen. Meine Revolverhand sauste herunter. Ein Schmerzensschrei bewies, daß der Lauf meinen Gegner getroffen hatte.

Berwyn ließ los und rollte katzengewandt zur Seite. Ruckartig kam er wieder hoch. Um uns herum kamen die Langhaarigen in Aufruhr. Stimmen wurden laut. Ich wußte, daß wir in der Klemme saßen, wenn wir eine schwache Seite zeigten.

Berwyn ging erneut auf mich los. Den Revolver in meiner Rechten ignorierte er. Er war ein guter Fighter, das sah ich auf den ersten Blick.

Aber das Ausbildungsniveau der FBI-Akademie kannte er offenbar nicht. Er versuchte meine Deckung zu unterlaufen.

Ich hatte keine Mühe, ihn leerlaufen zu lassen, und verpaßte ihm einen Handkantenhieb mit der Linken, der ihn zu Boden schleuderte.

Dennoch war er nicht am Ende. Ich wirbelte herum, wollte ihn endgültig außer Gefecht setzen. Stöhnend kam er hoch.

In diesem Moment erlosch das Licht.

Die Detonation eines Schusses traf schmerzhaft auf mein Trommelfell. Putz rieselte irgendwo von der Decke. Phil hatte im richtigen Moment abgedrückt. Dieser Warnschuß brachte die aggressiv gewordene Horde zur Räson. Es wurde ruhiger. Girls stießen Angstschreie aus, und das Getrappel von Schritten kam auf.

Ich stieß in die Richtung vor, in der ich Berwyn vermutete. Unvermittelt traf mich ein Stoß vor die Brust. Ich taumelte zurück, setzte nach, doch meine Fäuste trafen ins Leere. Es war stockfinster.

Ich stieß einen Fluch aus. Zum Teufel, warum hatte ich mich mit Berwyn auf eine Diskussion eingelassen? Bellini festnehmen und ab die Post! Das wäre das einzig Richtige gewesen. Aber seine Fehler sieht man eben immer erst hinterher ein.

So plötzlich, wie es erloschen war, flammte das Licht wieder auf. Aus den Augenwinkeln heraus sah ich Phil, der hinter der Theke stand, den Keeper beiseite gedrängt hatte und in einem Metallkasten die Schalter betätigte.

Ich ruckte herum und bekam Hank Bellinis Absätze zu sehen. Er drängte sich hinter den anderen her, die in einer dichten Traube durch den engen Ausgang quollen und panikartig ins Freie flüchteten.

Wie von einer Feder abgeschnellt fegte ich hinter ihm her. Ich packte ihn an der Schulter und riß ihn herum. Er zuckte zusammen. Sein immer noch blasses Gesicht war angstverzerrt. Er machte keine Anstalten mehr, sich zur Wehr zu setzen.

»Schluß damit, Freundchen«, knurrte ich, schob meinen 38er in die Halfter und fischte blitzschnell die stählerne Acht aus meinem Hosenbund. Bevor sich Bellini versah, schlossen sich die Handschellen mit vernehmlichen Klicken um seine linkes und mein rechtes Handgelenk.

Ungläubig starrte er auf die Acht, die ihn unentrinnbar an mich kettete. Seine Lippen zuckten, die Augenlider begannen zu flattern. Er hätte losgeheult, wenn nicht noch ein winziger Funken von Männlichkeit in ihm gesteckt hätte.

Die anderen hatten es geschafft die Kneipe zu verlassen. Draußen waren die hastigen Schritte zu hören, mit denen sie sich entfernten. Automotoren brummten auf. Ich glaubte, den vertrauten Klang eines Jaguars darunter zu hören.

»Los jetzt, Bellini!« befahl ich und schob ihn vor mir her auf den Ausgang zu.

Phil folgte uns. Er hatte den Kneipeninhaber bei sich, vermutlich weil der Bursche uns das Licht abgedreht hatte. Er würde nicht ganz ungeschoren davonkommen.

Hank Bellini stolperte wie ein Häufchen Elend neben mir über den Bürgersteig. Sein Kopf war auf die Brust gesenkt. Es war für ihn wie ein Spießrutenlaufen. Überall in den Häusern am Hafenvorplatz und an der angrenzenden Einmündung der Main Street war Licht aufgeflammt. Die Leute drängten sich in den Eingangstüren und blickten stumm auf die Szene, die sich vor ihren Augen abspielte. Es war klar, daß sie es nicht fassen konnten.

Wir machten Bellini und dem Kneipenbesitzer nicht die Freude, sie mit unserem Toronado zu kutschieren. Bis zum Sheriff's Office war es nicht weit, und der Fußmarsch war für uns risikolos.

Sheriff Jackson und zwei seiner Deputys schienen auf uns gewartet zu haben. Vielleicht hatte sie jemand angerufen. Sie kamen uns in der Halle entgegen.

Zum erstenmal sah ich so etwas wie Hoffnungsschimmer in Jacksons Augen. »Donnerwetter«, meinte er anerkennend und klopfte mir spontan auf die Schulter. »Hatten Sie Schwierigkeiten, Mr. Cotton?« Er musterte meine etwas verrutschte Garderobe.

»Ein wenig«, lächelte ich, »um ein Haar wäre es uns gelungen, Ihnen auch noch einen Jaguar-Fahrer in Handschellen anzuliefern.«

Jackson verstand sofort, was ich meinte. »Und der da?« Er deutete auf den Kneipenwirt.

»Er war so unklug, seine Gäste bei einem tätlichen Angriff auf zwei FBI-Beamte zu unterstützen«, formulierte Phil mit Juristenmiene.

Der Sheriff offerierte uns zwei solide Einzelzellen, in

denen Bellini und der Wirt für die Nacht untergebracht wurden. Der Arzt kam zehn Minuten später und versorgte Bellinis Hand. Es stellte sich heraus, daß die Verletzung nicht ernsthafter Natur war.

Ich telefonierte mit Mr. High und klärte den Ablauf des Transports. Der Chef versprach, sofort alles Nötige zu veranlassen. Bellini sollte schon am nächsten Morgen von Beamten der Kriminalabteilung der State Police in Erie abgeholt und per Flugzeug nach New York gebracht werden, wo das Verfahren gegen ihn eingeleitet wurde.

Für Phil und mich stand es fest, daß Hank Bellini seinen verdienten Platz im Staatsgefängnis Sing-Sing bekommen würde. Seine beiden Komplicen, die ihn bei seinem skrupellosen Auftritt in der Bronx unterstützt hatten, standen noch auf unserer Liste.

Ich hatte mir einen Todfeind geschaffen. Das stand für mich fest, seit Mortimer Berwyn vergeblich versucht hatte, die Verhaftung seines Freundes Hank Bellini zu verhindern. Garantiert betrachtete es der junge Berwyn als persönliche Niederlage. Und er würde mit nahezu fanatischem Haß danach trachten, die erlittene Schlappe auszubügeln.

Mortimer Berwyn war nicht der erste, der Racheabsichtgen gegen mich hegte. Im Laufe der Jahre beim FBI hatte ich oft genug mit haßerfüllten Gangstern zu tun gehabt, die das erklärte Ziel hatten, mich auszuschalten.

Und genau das hatte der mißratene Stiefsohn des alten Berwyn auch mit mir vor. Dessen war ich hundertprozentig sicher. Andererseits kam mir diese Wendung der Geschichte nicht ungelegen.

Ohne Absicht hatte ich Mortimer Berwyn vorzeitig aus seiner Reserve gelockt. Ich brauchte ihn nicht mehr zu provozieren. Er würde von selbst kommen. Sicher, wenn er uns nach der Verhaftung von Hank Bellini nicht entwischt wäre, hätten wir ihn schon zu diesem Zeitpunkt festnehmen können. Aber wir hatten keine Beweise gegen ihn in der Hand. Der Angriff auf einen FBI-Beamten hätte nicht ausgereicht, um ihm ein Geständnis zu entlocken.

So, wie die Dinge jetzt lagen, würde es vermutlich leichter sein, die erforderlichen Beweise schneller in die Hand zu bekommen.

Nach dem morgendlichen Hotelfrühstück machten Phil und ich uns getrennt auf die Socken. Mein Freund besorgte sich vom Sheriff einen neutralen Wagen, um mit der Suche nach der verschwundenen Randy Berwyn zu beginnen.

Ausgeruht und einsatzfreudig startete ich meinen geliehenen Toronado. Die 285 Pferdestärken brummten satt, als ich in gemächlichem Tempo die Main Street hinunterrollte. Längst hatte ich mich an die unverhohlen neugierigen Blicke gewöhnt, die einen überall verfolgten, sobald man sich in Fairview auf die Straße wagte. Inzwischen schien es sich auch herumgesprochen zu haben, daß der rassige Oldsmobile-Flitzer mit meiner Person in Verbindung zu bringen war.

Hank Bellini sollte im Laufe des Vormittags abgeholt und zum Flugplatz nach Erie gebracht werden. Ich brauchte mich nicht weiter darum zu kümmern. Mein Ziel war ein ernsthaftes Gespräch mit Hamish Berwyn, dem Mann, der angeblich sämtliche Fäden in Fairview in der Hand hatte. Vom Sheriff hatte ich mir den Weg beschreiben lassen. Er war nicht zu verfehlen.

Ich bog auf die Landstraße in Richtung Erie ein. An

der Stadtgrenze erhöhte ich das Tempo. Der Toronado reagierte selbst auf den leichtesten Gaspedaldruck mit Vehemenz und drückte mich in die Sitzpolster.

Zur Rechten tauchte das Areal der Papierfabrik auf. Aus dem Schornstein des werkseigenen Kraftwerks quoll Rauch. Ich schloß daraus, daß die Produktion wiederaufgenommen worden war.

Ich ließ die Tachonadel auf der Sechzig-Meilen-Marke stehen, um die Abzweigung zur Villa Berwyn nicht zu verfehlen. Die Straße war ziemlich leer, nur alle paar Augenblicke kam mir ein anderes Fahrzeug entgegen.

Zu beiden Seiten huschten dichte Buschgruppen vorüber. Irgendwann passierte ich die Einfahrt eines Parkplatzes.

Unwillkürlich nahm ich den Fuß vom Gaspedal. Verdutzt starrte ich in den Rückspiegel. Hatte ich mich getäuscht? Oder hatte ich tatsächlich für den Bruchteil einer Sekunde das schimmernde Blau einer Autokarosserie wahrgenommen?

Unwillkürlich verringerte ich die Geschwindigkeit. In meinem Unterbewußtsein wuchs die Absicht, der Sache auf den Grund zu gehen.

Die Tachonadel fiel rapide zurück. Ich hielt nach einer Stelle zum Wenden Ausschau. Vielleicht hatten mich meine Sinne getäuscht. Vielleicht war mir der metallicblaue Jaguar Mortimer Berwyns so sehr ins Auge gestochen, daß ich schon an Halluzinationen litt. Oder sollte es eine Falle sein. Ich schüttelte den Kopf. Kaum anzunehmen. Wenn der junge Berwyn es darauf angelegt hätte, mir aufzulauern, hätte er vermutlich eine andere Methode . . .

Ich kam nicht mehr dazu, den Gedanken zu Ende zu führen. Ich blickte erneut in den Rückspiegel.

Im gleichen Moment wußte ich, daß ich mich nicht getäuscht hatte. Das Metallicblau war jetzt hinter mir. Deutlich und unübersehbar. Rasend schnell kam der Jaguar näher.

Ich trat auf die Bremse. Mein rechter Fuß lag auf dem Gaspedal, bereit, den mit Getriebeautomatik ausgerüsteten Toronado durch einen Kickdown vorwärts schießen zu lassen.

Im Rückspiegel erkannte ich, daß nur ein Mann in dem Jaguar saß. Der Fahrer. War Mortimer Berwyn so verrückt, sich allein mit mir anlegen zu wollen? Oder wollte er mich seinen Komplicen in die Hände treiben? Die Gedanken schossen durch meinen Kopf, doch ich hatte nur wenige Sekunden dafür Zeit.

Wie ein angriffslustiges Raubtier schoß die markante Schnauze des Jaguar von hinten auf mich zu.

Für einen Moment schien es, als wollte er mich rammen. Doch dann erkannte ich blitzartig seine wirkliche Absicht.

Es war wie ein Vorüberhuschen, bevor er schräg links hinter mir mit einem ruckartigen Lenkmanöver in den toten Winkel eintauchte. Die rechte Seitenscheibe des Jaguar war heruntergekurbelt, und der Mann am Steuer lenkte den Wagen nur mit einer Hand. In der Rechten hielt er eine schwere Pistole, die nach rechts durch das offene Fenster zeigte.

Noch während ich es wahrgenommen hatte, kreischten urplötzlich die Bremsen des Jaguar.

Ich reagierte instinktiv, blitzartig. Mein rechter Fuß trat das Gaspedal bis zum Anschlag herunter, gleichzeitig ließ ich die Bremse los. Der Toronado schoß mit aufbrüllender Maschine und radierenden Hinterreifen vorwärts. Ich hatte das Gefühl, von einer Rakete nach vorn katapultiert zu werden.

Die Schüsse krachten durch den Motorenlärm. Ich sah nicht nach hinten, konzentrierte mich auf meine Arbeit am Lenkrad. Es waren drei oder vier Schüsse. Dort, wo ich vor Sekundenbruchteilen noch gestanden hatte, fetzten die tödlichen Projektile in das Buschwerk neben der Fahrbahn.

Im Außenspiegel erkannte ich, daß sich der Jaguar erneut in Bewegung setzte. Die Straße beschrieb einen Rechtsbogen, und ich verlor ihn für Sekunden aus der Sicht. Doch unglaublich schnell war er wieder da. Ich konnte mir vorstellen, wie Mortimer Berwyn mit wutverzerrtem Gesicht hinter dem Lenkrad hockte.

Jetzt würde es sich zeigen, wer als Fahrer die besseren Qualitäten aufzuweisen hatte. Fast hatte ich das Gefühl, als suchte der junge Berwyn diese Art von Duell, um sich eine zweifelhafte Selbstbestätigung zu verschaffen.

Nun gut. Er sollte sie nicht bekommen.

Ich verringerte die Geschwindigkeit ein wenig, um ihn herankommen zu lassen. Ich bedauerte es, daß ich nicht meinen Jaguar unter den Füßen hatte, denn ihn kannte ich bis zur letzten Schraube, und jedes noch so gewagte Manöver hätte kein Risiko bedeutet. Mit dem Toronado fühlte ich mich unsicher, doch ich glaubte, daß er genügend Qualitäten hatte, um notfalls gegen einen Jaguar zu bestehen.

Der metallicblaue Flitzer setzte zum Überholen an. Erneut trat ich das Gaspedal durch, überzeugte mich, daß kein Gegenverkehr kam, und zog den Toronado nach links.

Die Reifen des Jaguar kreischten. Dann glaubte ich das Aufbrummen der 265 Jaguar-Pferde zu hören. Ich mobilisierte 285 Toronado-Pferde und ging auf Distanz. Berwyn brauchte keine zwei Sekunden, um wieder wie ein hartnäckiger Klammeraffe hinter mir zu hängen. Im Rückspiegel sah ich, daß er mit beiden Händen das Lenkrad umklammert hielt. Und eine Möglichkeit wieder zur Pistole zu greifen, wollte ich ihm nicht mehr geben.

Ich begann ein Spiel, das ihn zur Weißglut treiben mußte. Gas, Gas weg, Bremse, wieder Gas . . . linke Fahrspur, wieder nach rechts . . . Der Toronado machte willig mit. Nur bei allzu scharfen Lenkbewegungen kreischten seine Pneus.

Und hinter mir tanzte der Jaguar wie verrückt.

Die Schnauze des metallicblauen Flitzers wedelte hin und her, kam hoch, wenn Berwyn eine Chance erkannt zu haben glaubte, und ging wieder auf Tauchstation, wenn ihn meine Bremslichter eines Besseren belehrten.

Ich gab ihm keine Chance.

Von Sekunde zu Sekunde wurde ich mit dem Toronado vertrauter. Er war eine ernsthafte Konkurrenz für den Jaguar.

Mortimer Berwyns Nerven mußten bis zum Zerreißen gespannt sein. Seine erste Chance, mich mit einer Serie von Schüssen auszuschalten, hatte er verspielt. Dabei war die Idee gar nicht einmal so schlecht gewesen.

Aber jetzt . . . Ich konnte ihm einfach davonfahren, wenn ich wollte. Doch er mußte spüren, daß ich das nicht vorhatte. Er mußte spüren, daß ich ihn zur Weißglut bringen wollte. Und genau das würde ihn unvorsichtig werden lassen.

Bis Erie konnte es nur noch wenige Minuten sein.

Es war eine harte Konzentrationsarbeit, den tanzenden Jaguar hinter mir nicht aus der Kontrolle zu verlieren. Doch ich schaffte es. Abwechselnd beobachtete ich die Fahrbahn vor mir und den Rückspiegel.

Plötzlich glaubte ich dem Rückspiegel nicht zu trauen.

Der Jaguar setzte mit aller Macht zum Überholen an. Und das, obwohl ich ihn auf der linken Fahrspur daran hinderte. Bis zum linken Seitenstreifen mochten noch zwei Yard Platz sein. Und genau diesen winzigen freien Raum wollte Mortimer Berwyn für sein wahnwitziges Überholmanöver nutzen.

Die Motorhaube des Jaguar schob sich links neben das Toronado-Heck. Ich konnte es nicht erkennen, aber es konnten nur wenige Zentimeter Zwischenraum zwischen den beiden Karosserien sein. Ein kurzer Blick auf die Tachonadel ließ mich erstarren. Siebzig Meilen.

Schräg links neben mir begann der Jaguar mit den linken Rädern auf dem Seitenstreifen zu holpern. Die flache Karosserie hopste auf und ab wie ein Pingpongball.

Ich überlegte ernsthaft, nach rechts zu ziehen und ihn vorbeizulassen. Was er vorhatte, war glatter Selbstmord. Zum Glück hatte wir eine lange Gerade vor uns, und Gegenverkehr war immer noch nicht in Sicht.

Ich erhöhte die Geschwindigkeit, um von ihm wegzukommen und ihm gleichzeitig die Chance zu geben, es sich anders zu überlegen.

Doch Berwyn hielt mit. Der Jaguar wirbelte eine riesige Staubfontäne im Seitenstreifen auf und zog sie wie einen Kometenschweif hinter sich her. Das Fahrwerk stand vor der Zerreißprobe. Ich konnte die Quälerei nicht mehr mit ansehen. Mir blieb nur die Möglichkeit, ihm Platz zu machen, anzuhalten und es auf eine Schießerei ankommen zu lassen. Immer noch besser, als sich später Vorwürfe machen zu müssen, wenn er an einem Baum klebte.

Also zog ich das Lenkrad nach rechts. Der Toronado

gehorchte und wedelte hinüber zur anderen Fahrbahnseite. Für Bruchteile von Sekunden konnte ich den Jaguar nicht mehr im Rückspiegel entdecken, weil er sich im toten Winkel befand. Im nächsten Moment wußte ich, daß es vorbei war.

Ein nervenzerfetzendes Kreischen von aufreißendem Metall ließ mich zusammenzucken und instinktiv aufs Gaspedal treten. Der Toronado schoß nach vorn und entging damit um Haaresbreite dem Jaguar, der in einem Salto durch die Luft wirbelte.

Es krachte mörderisch, als der Jaguar mit der Breitseite auf den Asphalt schlug. Ich beobachtete es atemlos im Rückspiegel. Berwyns Flitzer landete auf den Rädern, fegte in einer wilden Schleuderbewegung quer über die Fahrbahn hinweg, um sich dann im Seitenstreifen noch einmal zu überschlagen und schließlich zwischen den Büschen liegenzubleiben. Das einzige, was noch von dem Wagen zu sehen war, waren die vier Reifen. Alles andere war zwischen dem Buschwerk verborgen.

Ich trat auf die Bremse und schlitterte mit dem Toronado auf den Seitenstreifen. Hastig sprang ich hinaus und rannte mit wehendem Jackett auf die Unfallstelle zu. Ich mochte nicht daran denken, was möglicherweise mit dem jungen Berwyn passiert war. Auch wenn er es selbst herausgefordert hatte, so fühlte ich mich doch an dem Geschehen der letzten Sekunden nicht ganz unschuldig.

Es waren etwa zweihundert Yard bis zu der Stelle, an der der metallicblaue Jaguar die Beine in die Luft streckte. Ich rannte, was meine Beine hergaben. Die Gefahr, daß der demolierte Wagen Feuer fangen würde, war nicht übermäßig groß. Ich kannte den Jaguar und seinen Sicherheitstank.

Ich war auf etwa fünfzig Yard heran. Mir stockte der Atem.

In den Büschen raschelte es vernehmlich. Zweige klatschten prasselnd herunter, so als ob jemand in wilder Flucht davonhetzte.

Unwillkürlich verringerte ich mein Tempo. Mortimer Berwyn? Ich konnte es nicht glauben. Vielleicht ein Reh oder ein anderes Tier, das durch den Unfall aufgeschreckt worden war. Aber Mortimer Berwyn? Ich rechnete damit, daß ich ihn nur noch als Leiche zwischen grauenhaftem Karosseriesalat entdecken würde.

Sekundenlang war das Rascheln noch zu hören. Dann wurde es plötzlich still.

Ich eilte weiter und erreichte die Büsche, zwischen denen kleine Staubwolken von dem Aufprall emporstiegen. Benzindunst hing in der Luft. Auf der Asphaltfahrbahn waren die Radierspuren der Reifen zu erkennen. Aus den Augenwinkeln heraus bemerkte ich die ersten Fahrzeuge, die aus Richtung Erie und Fairview kamen und vor der Unfallstelle stoppten.

Ich bog die Zweige auseinander und sah den traurigen Rest des teuren Sportwagens vor mir. Totalschaden würde es im Versicherungsbericht heißen. Auf den ersten Blick war zu erkennen, daß kaum noch eine Schraube an dem Jaguar heil war. Das Karosserieblech war stellenweise in Ziehharmonikaform zusammengefaltet und über dem Motorblock völlig zerfetzt. Das Cockpit war zusammengedrückt.

Kopfschüttelnd umrundete ich das Wrack. Unmöglich, daß hier noch einer herausgekommen war. Doch dann wußte ich, daß ich mich getäuscht hatte. Auf der anderen Seite war der Jaguar mit dem Heck auf einem Baumstumpf liegengeblieben, so daß sich an dieser Stelle die Fensteröffnung nicht zusammengedrückt hatte. Das Glas war zerborsten und lag in tausend Krümeln zwischen den Büschen verstreut.

Ich ging in die Knie. Wenig später hatte ich hundertprozentige Gewißheit. Am Dachholm über dem zerstörten Seitenfenster waren Blutspuren zu erkennen, die sich in Richtung zum Lake Erie fortsetzten. Ein Blick in das zusammengeschrumpfte Cockpit zeigte mir, daß Mortimer Berwyn getürmt war.

Es grenzte an ein Wunder. Doch gerade bei Autounfällen passieren die unglaublichsten Sachen. Vielleicht war er herausgeschleudert worden. Vielleicht hatte sich die Tür geöffnet, bevor der Jaguar auf dem Dach gelandet war. Ich zuckte die Achseln. Mortimer Berwyn war jedenfalls verschwunden, und das Rascheln, das ich vorhin gehört hatte, war nicht von einem Reh verursacht worden.

Aber wenn er verletzt war . . . ich dachte nicht zu Ende, sondern folgte den Blutspuren, die sich einigermaßen erkennbar abzeichneten.

Schon nach wenigen Yards merkte ich, daß der Boden unter meinen Füßen weich wurde. Und dann hörten die Büsche plötzlich auf. Ich stand vor einer Sumpflandschaft, wie sie in jedes schulmäßige Bilderbuch gepaßt hätte. Modrige Feuchtigkeit hing über hüfthohen Sumpfgrasbüschen. Und ganz weit hinten war die Wasserfläche des Lake Erie zu erkennen.

Zwecklos. Einen Schritt in das Gelände zu setzen, wäre reiner Selbstmord gewesen. Aber die Blutspuren zeigten deutlich, daß Mortimer Berwyn genau das getan hatte. Vielleicht kannte er dieses Gelände. Hockte er irgendwo hinter einem Grasbüschel und lachte sich ins Fäustchen? Sicher nicht. Bestenfalls kochte er vor Wut über sein neuerliches Mißgeschick mir gegenüber. Oder aber er krümmte sich vor Schmerzen. Und im letzten Fall war es meine Pflicht, ihm zu helfen. Auch wenn er vor einer Viertelstunde versucht hatte, mich umzubringen.

»Berwyn!« brüllte ich zum See hin, daß die Libellen erschraken. »Berwyn, kommen Sie zurück! Es hat keinen Zweck, daß Sie sich verstecken. Kommen Sie zurück, wenn Sie verletzt sind! Wir holen einen Krankenwagen!«

Keine Antwort. Vielleicht hörte er mich gar nicht. Ich versuchte es noch zweimal, doch es rührte sich nichts. Achselzuckend machte ich kehrt.

Drei, vier Leute hatten sich an der Unfallstelle versammelt. Neugierig standen sie um das Wrack herum. Einer von ihnen kam auf mich zu. Er trug einen blauen Monteur-Overall und eine runde Schirmmütze.

»Sayers«, stellte er sich vor, »ich bin aus Fairview, Sir. Sie sind doch der FBI-Beamte, der gestern abend Hank Bellini verhaftet hat, nicht wahr?«

Ich nickte geistesabwesend. »Wir müssen die Polizei verständigen«, murmelte ich. »Wer ist hier zuständig? Fairview oder Erie?«

»Dies gehört noch zum Bezirk von Sheriff Jackson«, klärte mich Sayers auf. »Sie brauchen sich nicht drum zu kümmern, Sir. Ich habe meinen Kollegen mit unserem Wagen losgeschickt, um Jackson zu alarmieren. Ich warte hier auf ihn.« Er machte eine Pause und sah mich freudestrahlend an. »Menschenskind!« brach es plötzlich aus ihm hervor. »Es ist kaum zu glauben, daß jemand wie Sie sich nach Fairview verirrt hat, um endlich mal aufzuräumen. Wissen Sie, Sir, wir sind ja alle mehr oder wenig auf Berwyn angewiesen. Genau wie ich, zum Beispiel. Ich könnte meine Werkstatt dichtmachen, wenn ich nicht den Reparaturvertrag für den gesamten Fuhrpark der Papierfabrik hätte. Und so geht es vielen. Dagegen ist ja im Grunde auch nichts einzuwenden. Aber daß der alte Berwyn seinem schrägen Sohn Narrenfreiheit gewährt, das ging uns doch mächtig gegen die Hutschnur. Himmel! Daß Sie und Ihr Kollege gekommen sind, ist das schönste Geschenk für uns.«

»Machen Sie's halblang«, brummte ich. »Wir sind auch nur Menschen. Und außerdem sind wir nicht wegen Mortimer Berwyn, sondern wegen Hank Bellini gekommen.«

»Ja schon«, lachte er wissend, »aber wenn Sie Bellini haben wollen, dann bekommen Sie es auch mit Mort Berwyn zu tun. Sie haben's ja gemerkt. Was war denn los? Wieso ist er mit seinem Jaguar in die Büsche geflogen? War's 'ne Verfolgungsjagd?«

»So ähnlich«, nickte ich. »Er hat sich zuviel zugemutet. Aber daß er trotzdem entwischt ist, kann ich kaum fassen.«

»Der Bursche hat mehr Glück als Verstand gehabt«, meinte Sayers fachmännisch. »So wie der Schlitten aussieht, hätte ich keinen Cent mehr für sein Leben gegeben.« Mir wurde erst jetzt bewußt, daß zum erstenmal ein Einwohner der Stadt Fairview offen mit mir über Mortimer Berwyn sprach. Ausgenommen Sheriff Jackson. War das Eis tatsächlich gebrochen?

»Kommem Sie«, klopfte ich Sayers auf die Schulter, »ich möchte mir ansehen, wie es passiert ist.«

»Kann ich Ihnen genau zeigen, Sir«, erwiderte der Mann im Overall. »Als Fachmann sieht man so was auf den ersten Blick.« Wir zwängten uns an dem Wrack vorbei durch die Büsche und erreichten die Straße. Eine Reihe von Autos hielt bereits am Fahrbahnrand. Die Neugierigen folgten Sayers und mir in gemessener Entfernung.

»Hier ist der Wagen ins Schleudern gekommen«, erklärte Sayers und deutete auf die Reifenradierspuren, »und dort drüben ist er vorher mit der Breitseite aufgeschlagen.«

Ich folgte seinem Zeigefinger und erkannte deutliche Spuren von metallicblauem Lack auf der Asphaltfahrbahn. Wir gingen ein Stück weiter.

»Sehen Sie, Sir«, informierte mich Sayers, »und hier haben Sie die eigentliche Ursache.« Er deutete auf ein etwa eineinhalb Fuß tiefes Schlagloch im Seitenstreifen, das nach vorne durch einen im Erdreich verborgenen Stein begrenzt wurde. Deutlich zeichneten sich auf dem Stein Reste von zerquetschtem Reifengummi ab. Es war ganz klar. Der linke Vorderreifen des Jaguars war in dieses Loch geknallt, hatte sich festgehakt und die Karosserie nach vorn links heruntergerissen. Und dann hatte sich die Schnauze des Flitzers in die Fahrbahn gebohrt. Den Rest kannte ich.

Sheriff Jackson traf fünf Minuten später ein. Sein Gesicht zeigte kaum noch Erstaunen. Er schien sich bereits daran gewöhnt zu haben, daß ich Überraschungen am laufendem Band lieferte.

Das dünne Baumwollhemd ging knirschend in Fetzen. Mortimer Berwyn zerriß es in schmale Streifen, die er säuberlich neben sich auf dem Sumpfgrasbüschel placierte.

Die Wunden verursachten keinen Schmerz. Jedenfalls spürte er nichts. Alles wurde von einem einzigen Schmerz überschattet, der in Mortimer wie ein Höllenfeuer brannte. Er hatte das Gefühl, als ob seine Magenwände glühten. Es bereitete ihm Mühe die Gedanken zu ordnen.

Deshalb konzentrierte er sich darauf, seine Verletzungen provisorisch zu versorgen. Eine Platzwunde an der Stirn, die er nur fühlen konnte. Nicht sonderlich schlimm. Das rechte Knie war aufgeschlagen, und an der rechten Schulter war eine tiefe Schnittwunde zu sehen, die stark blutete. Mortimer verband sie zuerst. Die Prellungen, die ansonsten über seinen ganzen Körper verstreut waren, kümmerten ihn nicht weiter.

Er ließ sich Zeit. Er wußte, daß sie nicht nach ihm suchen würden. Kein Mensch traute sich in das Sumpfgelände und selbst ein Hubschrauber würde nichts nützen, denn es gab massenhaft Verstecke.

Etwa eine halbe Stunde brauchte er, bis die provisorischen Verbände fertig waren. Die Mittagshitze stand erst bevor. Aus einem Sumpfloch fischte Mortimer Berwyn eine Handvoll modriges tiefschwarzes Wasser, das er sich ins Gesicht klatschte. Es verschaffte ihm etwas Kühlung.

Stöhnend richtete er sich auf. Er brauchte ein paar Sekunden, bis er wieder sicher auf den Beinen stand. Allmählich wurde sein Kopf klarer, und auch das Brennen im Magen ließ nach.

Es bereitete ihm keine Schwierigkeiten, sich zu orientieren. Die Stelle, an der er mit dem Jaguar ins Schleudern gekommen war, lag etwa sieben bis acht Meilen von Fairview entfernt. Das bedeutete, daß er bis zu der kleinen Bucht, in der sein Motorboot vertäut war, runde zwei Meilen in südlicher Richtung zurückzulegen hatte.

Zwei Meilen durch den Sumpf. Mortimer war sich darüber klar, daß es eine höllische Strapaze werden würde. Sicher, er kannte sich aus und es gab keine Gefahr, daß das tückische Gelände ihn überfordern würde. Aber durch die Verletzungen war er nicht hundertprozentig fit, auch wenn er keine Schmerzen spürte.

Bis Mittag waren es keine zwei Stunden mehr. In dieser Zeit würde er es vielleicht schaffen. Vielleicht. Schließlich hatte er keinen befestigten Spazierweg vor sich. Obwohl er das Sumpfgebiet wie seine Westentasche kannte, mußte er trotzdem bei jedem Schritt aufpassen. Wenn man unaufmerksam wurde, das wußte Mortimer Berwyn, war man verloren. Die morastigen Tümpel ließen nichts wieder los, was sie einmal gepackt hatten. Ein verkehrter Schritt genügte – konnte den Tod bringen.

Ohne Zeit zu verlieren, machte er sich auf den Weg. Er hielt sich in etwa fünfzig Yard Abstand parallel zum Ufer. Schon nach zwanzig Minunten lief ihm der Schweiß in kleinen Bächen von der Stirn. Mit zusammengebissenen Zähnen kämpfte er sich weiter vorwärts. Der unbezähmbare Wille, nicht aufzugeben, trieb ihn voran.

Der kräfteverzehrende Fußmarsch ließ Mortimer Berwyns Gedankenablauf langsamer werden. Nach und nach wurden seine Gedanken wieder klarer.

Du hast Fehler gemacht, hämmerte es in ihm, und du wirst diese Fehler wiedergutmachen müssen. Er nickte verbissen. Natürlich. Es war verkehrt gewesen, Hank Bellinis New Yorker Afffäre einfach hinzunehmen. Er hätte Hank von der Bildfläche verschwinden lassen sollen. Einfach weg. Nach Kanada zum Beispiel. Und dann der zweite Fehler. Nie hätte er Hank mit dem Mord an Randy beauftragen dürfen.

Randy ... Mortimer stoppte seine Schritte unwillkürlich für einen Moment. Er wischte sich den Schweiß von der Stirn. Die Sonne stieg zusehends höher und glühte immer unerbittlicher.

Randy . . . Ob die Bullen etwas ahnten? Hatten sie vielleicht deshalb so überraschend zugeschlagen und Hank festgenommen?

Unsinn. Mortimer schüttelte entschlossen den Kopf und arbeitete sich weiter vorwärts.

Die beiden FBI-Bullen aus New York waren erst an dem Tag eingetroffen, an dem Hank seinen Job in der Fabrik erledigt hatte. Sie konnen also gar nichts davon gewußt haben.

Jetzt allerdings . . . Okay, sicher machten sie sich ihre Gedanken. Schließlich hatten sie nicht mit einem zweiten Mord gerechnet . . .

In diesem Moment durchfuhr es ihn siedendheiß. Erneut hielt er inne. Hölle und Teufel! Über dem Ärger mit den FBI-Bullen hatte er sich nicht genügend darum gekümmert, was in der Fabrik vor sich gegangen war.

Daß irgend etwas nicht ganz glatt gelaufen war, wußte Mortimer. Doch es war nichts darüber lautgeworden. Nicht einmal eine Zeitungsmeldung. Also mußten sie im dunkeln tappen. Sie hatten keine Ahnung, die Bullen. Vielleicht hatten sie einen Rest der Leiche gefunden. Oder auch mehrere. Aber die waren garntiert so verstümmelt, daß keiner mehr etwas erkennen konnte.

Erleichtert setzte Mortimer seinen Weg fort. Natürlich, es war alles in Ordnung. In dieser Hinsicht jedenfalls. Darüber brauchte er sich keine Sorgen zu machen. Es kam einzig und allein darauf an, die beiden G-men auszuschalten. Dann würde wieder Ruhe in Fairview einkehren.

Und außerdem, so nahm Mortimer sich vor, mußte er sich demnächst mal wieder zu Hause sehen lassen. Denn jetzt, wo Randy tot war, mußte der Alte sich mit ihm arrangieren, ob er wollte oder nicht. Denn nun war er, Mortimer, der letzte, der die Familientradition aufrechterhalten konnte.

Mortimer grinste bei diesem Gedanken. Es würde dem Alten verdammt nicht in den Kram passen. Aber, so wie er bisher alles geschluckt hatte, würde er es auch diesmal schlucken. Daran gab es für Mortimer Berwyn nicht den geringsten Zweifel.

Randy würde ihn nicht mehr zu Weißglut treiben. Mortimer verbuchte es zum wiederholten Male seit dem geglückten Mord mit tiefer innerer Genugtuung. Und sie würde ihn nicht mehr daran hindern, den ganzen Kram zu erben. Und das war schließlich auch 'ne ganze Menge wert. Wen sollte sich der Alte schon als Erben aussuchen, wenn Randy für diesen Zweck endgültig ausfiel?

Mortimer Berwyn stieß ein krächzendes Lachen aus. Seine Kehle war knochentrocken.

Er bückte sich zu einem der Sumpflöcher hinab und schlürfte, ohne zu zögern das rabenschwarze Wasser. Nachdem er sich den Mund damit ausgespült hatte, spuckte er es in hohem Bogen wieder aus.

Seine Armbanduhr war bei dem Unfall stehengeblieben. Allmählich verlor Mortimer jedes Zeitgefühl. Die Sonne stand fast senkrecht. Unverändert brannte der grelle Feuerball fast senkrecht auf ihn herab. Mochte der Teufel wissen, wie spät es war. Nur an dem Gelände erkannte er, daß er sich allmählich seinem Ziel näherte. Vielleicht noch eine halbe Meile. Viel mehr konnte es nicht sein.

Doch die letzte halbe Meile wurde schlimmer als die dreifache Strecke, die Mortimer Berwyn bereits hinter sich hatte. Stechende Schmerzen machten sich plötzlich in seiner rechten Schulter bemerkbar, und erst jetzt spürte er, daß er irgendwo mit dem Kopf aufgeprallt sein mußte. Der Schmerz, der ständig zunahm, füllte seinen gesamten Schädel aus. Die Ursache war nicht zu lokalisieren. War es nur die Platzwunde auf der Stirn? Mortimers Gedanken versiegten mit den stärker werdenen Kopfschmerzen und dem zunehmenden Stechen in der Schulter.

Mit verzerrtem Gesicht taumelte er weiter. Seine Schritte wurden mit jedem Yard unsicherer. Er wollte die Schmerzen nicht wahrhaben, versuchte sie zu unterdrücken. Reiß dich zusammen! befahl er sich selbst. Doch es nützte nichts. Immer wilder wurden die Schmerzen. Nur der eiserne Wille hielt ihn aufrecht. Der Wille, sich an den verhaßten FBI-Bullen zu rächen.

Von Anfang an waren sie ihm zuwider gewesen. Aber auf eine völlig andere Art, als es bei Sheriff Jackson und seinen Deputys der Fall war. Solche Leute tat Mortimer Berwyn mit einem Lächeln ab. Bei diesen verdammten Greifern vom FBI war das etwas anderes. Sie waren eine Bedrohung – gefährlich für ihn und seine Pläne.

Bellini, zum Teufel! Mortimer Berwyn stieß eine Verwünschung aus, die in einem Krächzen endete. Nebelartige rote Schleier begannen vor seinen Augen aufzuwallen! Die Landschaft ringsherum bewegte sich in Wellenlinien. Irgendwo in diesem Nichts sah er Hank Bellini vor sich, wie er in seine Zelle geführt wurde und wie ihn die Bullen bearbeiteten. Grelles Licht, kahler Raum, pausenlos hämmernde Fragen . . .

Mortimer Berwyn merkte nicht, daß es Angstschweiß war, der ihm jetzt von der Stirn rann. Unsinn! redete er sich ein. Hank wird den Mund halten. Sie kriegen nichts aus ihm heraus. Völlig unmöglich!

Wirklich? Die Zweifel wurden immer stärker. Die Umgebung begann um Mortimer zu kreisen. Würde

Hank dichthalten? Was, wenn sie ihn mit Fangfragen überlisteten? Hölle und Teufel, dieser Dummkopf mußte sich in acht nehmen. Er gehörte nicht zu den intelligentesten Burschen, und wenn die Bullen es geschickt anstellten . . .

Feurigrote Ringe tanzten plötzlich vor Mortimers Augen. Er nahm die Umgebung nicht mehr wahr und sank in die Unendlichkeit wallender Schleier.

Seine Bewußtlosigkeit war nur kurz. Die Schmerzen ließen ihn nach wenigen Minuten wieder aufwachen. Seine Kehle war völlig ausgetrocknet. Unter Aufbietung aller Kräfte gelang es ihm, sich wieder aufzurappeln. Torkelnd schleppte er sich vorwärts. Fast war es nur noch ein Instinkt, der ihn trieb.

Es kam ihm vor wie eine Ewigkeit, die verstrichen war. Als er die kleine Bucht erreichte, war er versucht, einen Freudenschrei auszustoßen. Doch er brachte keinen Ton hervor.

Das Boot lag am vertrauten Platz. Mortimer hatte Mühe, es beim Hineinklettern nicht kentern zu lassen. Mit zusammengebissenen Zähnen schaffte er es. Sekundenlang blieb er ermattet auf den Planken der Nußschale liegen. Dann raffte er sich auf und machte den Anlasser klar.

Im Strömen rann der Schweiß über seine Stirn, als er den Außenborder nach mehreren vergeblichen Versuchen endlich in Betrieb setzte. Aufatmend machte er die Leinen los und ließ sich auf die Sitzbank sinken. Zusammengekrümmt vor Schmerzen manövrierte er das Boot aus der Bucht heraus und nahm Kurs auf die Stelle, an der weit draußen auf dem See seine Jacht lag.

Als er sein Ziel erreicht hatte, schüttelte Fieber seinen Körper. Die anderen mußten ihn über die Reling ziehen. Er schaffte es nicht mehr allein. Erst in der Kajüte wurde sein Kopf ein wenig klarer. Zitternd kippte er ein Wasserglas voll Bourbon in sich hinein, das Doug Turner ihm reichte.

Plötzlich stutzte Mortimer Berwyn. Irritiert starrte er in die Runde. Was war los? Warum sagten diese Typen keinen Ton? Irgend etwas stimmte nicht . . .

»Verdammt noch mal!« krächzte er wütend. »Was ist in euch gefahren. Ich seh's euch an. Was ist los mit euch, zum Teufel?«

»Du solltest dich jetzt nicht aufregen, Mort«, versuchte Doug Turner ihn zu beruhigen. »Du brauchst erst mal 'ne Mütze voll Schlaf, und dann müssen wir einen Doc besorgen, der dich verarztet.«

Mortimer machte eine fahrige Handbewegung. Wieder begann alles vor seinen Augen zu schwimmen. »Ihr sollt jetzt reden, zum Teufel!« schrie er in plötzlich aufwallender Wut. »Ihr könnt mir nichts verheimlichen, ihr wärt die letzten, die das könnten!«

»Also gut«, murmelte Doug Turner, »Wenn du es unbedingt so haben willst . . .«

»Rede endlich!« krächzte Mortimer Berwyn ungehalten.

»Da gibt's nicht viel zu sagen, Mort. Es war nicht Randy, die von Hank in der Fabrik erwischt wurde. Eine Verwechslung, Mort. Hank hat die Sekretärin deines Alten getötet. Ellen Sparks hieß das Girl. Sie sah deiner Schwester ziemlich ähnlich.«

Mortimer glaubte, der Boden würde ihm unter den Füßen weggerissen. Seine Augen wurden starr. »Woher weißt du das?« flüsterte er kaum hörbar.

»Ein paar Leute in der Fabrik wissen es. Aber sie wurden verpflichtet, es geheimzuhalten. Ein Kumpel von mir, der in dem Laden arbeitet, hat zufällig ein Gespräch mitgehört, das eigentlich nicht für fremde

Ohren bestimmt war. Nun, er hat's mir erzählt, als ich ihn fragte, was denn neulich in der Fabrik los gewesen sei.«

Mortimer Berwyn antwortete nicht. Er brachte keinen klaren Gedanken mehr zustande. In seinem Schädel summten tausend Hornissen.

Als er von neuem das Bewußtsein verlor, fing ihn Doug Turner auf und bettete ihn mit Hilfe der anderen auf die Wildledercouch.

Nervlich leicht angeschlagen, setzte ich meine Fahrt fort. Ich ließ den Toronado langsam zurück in Richtung Fairview rollen. Jeder Gedanke an eine höhere Geschwindigkeit machte mich nervös. Ich inhalierte die dritte Beruhigungszigarette und fühlte mich trotzdem kaum ruhiger.

Berwyn junior hatte es geschafft, mich einigermaßen aus der Fassung zu bringen. Erst jetzt wurde mir vollends die Bedeutung der wahnwitzigen Raserei auf öffentlicher Landstraße bewußt. Und nachträglich kroch mir ein Schauer über den Rücken, wenn ich daran dachte, daß ich nur um Haaresbreite den tödlichen Kugeln entgangen war, die Mortimer Berwyn mir zugedacht hatte.

Immer noch rätselte ich daran herum, wie es der Bursche geschafft hatte, sich in dem Sumpfgelände zu verkriechen. Mochte der Teufel wissen, wo er steckte.

Ich entsann mich der Aufgaben, die noch vor mir lagen. Vordringlich ging es jetzt darum, Randy Berwyn aufzustöbern. Ich hoffte, daß Phil bei seinen ersten Nachforschungen Glück gehabt hatte.

Rechts vor mir tauchte die Abzweigung auf, die zur Villa der Familie Berwyn führen mußte. Ich betätigte den Blinker und bog ab. Über die schmale, gewundene Fahrbahn erreichte ich das stählerne Portal. Die Villa selbst war von hier aus noch nicht zu sehen.

Ich zog die Handbremse an, stieg aus und drückte den Klingelknopf rechts neben dem Tor. Eine Weile mußte ich warten, bis im Lautsprecher darunter ein Rauchen ertönte und sich eine blecherne Stimme nach meinen Wünschen erkundigte. Ich sagte es und rechnete von vornherein mit Ablehnung. Doch erstaunlicherweise war das Gegenteil der Fall. Im nächsten Moment rollte das Tor auf gutgeölten Lagern fast lautlos zur Seite.

Zwei Minuten später stoppte ich vor dem monumentalen Eingang der klotzigen Villa. Ein livrierter Butler empfing mich mit würdevoller Miene. Ich zeigte ihm meine ID-Card und erklärte ihm, daß ich den Chef des Hauses sprechen wollte.

»Bitte, kommen Sie herein, Sir«, bat mich der Butler in einwandfreiem Englisch.

Er führte mich durch eine Halle, die mich in Ausmaß und Gestaltung an eine Mischung aus Museum und schottischer Burg erinnerte. In der Bibliothek wartete ich, nachdem mir der Butler, der aus dem Mutterland aller Butler importiert zu sein schien, versichert hatte, daß Mr. Berwyn in Kürze eintreffen werde, um mit mir zu reden.

Wider Erwarten klappte mein unangekündigter Besuch anscheinend ohne Schwierigkeiten. Vielleicht hatte auch Hamish Berwyn schon von Phil und mir gehört. Wäre immerhin kein Wunder gewesen, denn Fairview schien für den raschen Umlauf von Klatsch aller Art prädestiniert zu sein. Ich betrachtete die mehr als mannshoch gestapelten Bücher, um mir die Zeit bis zum Eintreffen des Hausherrn zu vertreiben.

Dann kam er. Und er kam ganz anders, als man es von einem kleinstädtischen Herrschertyp erwarten sollte. Er kam einfach durch die Tür, begrüßte mich wortkarg mit Handschlag und forderte mich auf, in einem der schweren Sessel Platz zu nehmen. Auch wenn ich Hamish Berwyn zum erstenmal sah, so bemerkte ich auf den ersten Blick, daß die Sorgen ihn von innen aufzufressen schienen. Irgendwie erinnerte mich sein Äußeres an Captain Hywood, unseren allgewaltigen Fachmann für Sondereinsätze der New Yorker City Police.

Ich stellte mich vor, zeigte der Form halber noch einmal meinen Dienstausweis und formulierte den Grund meines Besuchs.

»Es freut mich, daß Sie gekommen sind«, erwiderte Hamish Berwyn zu meiner Überraschung. Sein kantiges Gesicht blieb unbewegt. »Ich habe bereits von Ihrer, hm, Tätigkeit in Fairview gehört.« Er machte eine kurze Pause und blickte mich mit seinen harten, scharfen Augen unverwandt an. »Sie wissen vermutlich, was in meiner Fabrik geschehen ist. Mr. Cotton. Und Sie wissen vermutlich auch, welche zweifelhafte Rolle mein Stiefsohn Mortimer in dieser Stadt spielt.«

Ich kam aus der Überraschung nicht heraus. »Über ersteres bin ich genau informiert«, nickte ich, »was Ihren Stiefsohn anbetrifft, so weiß ich leider bis jetzt nur andeutungsweise Bescheid. Und um ehrlich zu sein, Sir . . . gerade deswegen bin ich zu Ihnen gekommen.«

Er bot mir eine Zigarette aus flacher silberner Schachtel an. Ich bediente mich.

»Ihre Offenheit ist wohltuend«, sagte er, »gerade eine solche Offenheit ist das, was uns seit Jahren in Fairview gefehlt hat, und ich muß zugeben, daß ich daran nicht ganz unbeteiligt bin. Aber ich kann Ihnen versichern, daß es anders wird. Garantiert. Vorweg interessiert mich eines, Mr. Cotton«, er beugte sich vor und sah mich noch eindringlicher an, »nämlich die Ermittlungsergebnisse über die Leichenreste im Holländer. Bisher hat man mir die Wahrheit verheimlicht. Aber ich habe natürlich meine Vermutungen. Bitte ...« Er machte eine abwehrende Handbewegung, als ich etwas sagen wollte. »Bitte, sagen Sie mir die Wahrheit, Mr. Cotton. Ich kann sie vertragen. Und außerdem können Sie sich darauf verlassen, daß ich jedes Wort für mich behalte.«

Ich wußte nicht, warum, aber ich glaubte es ihm unbesehen. Ich räusperte mich. »Es war nicht Ihre Tochter«, sagte ich kurzentschlossen, »die Tote war Ellen Sparks, Ihre Sekretärin. Aus Sicherheitsgründen hat Sheriff Jackson auch die Mutter des Mädchens noch nicht informiert. Wir mußten es geheimhalten, es ging nicht anders. Obwohl ich mir nicht sicher bin, daß nicht vielleicht doch schon etwas durchgesickert ist.«

Hamish Berwyn schwieg. Er senkte den Kopf. Ich sah, wie ein Aufatmen durch seinen schweren Körper ging. »Ich wußte es«, murmelte er kaum hörbar. »Ich habe es gewußt, Mr. Cotton.« Seine Augen sahen mich wieder an, doch diesmal lag ein kaum erkennbarer Hoffnungsschimmer darin. »Nach vernünftigen Überlegungen konnte es nicht Randy sein. Aber Randy ist verschwunden, wie Ihnen sicher bekannt ist, und sie hat mir keine Nachricht hinterlassen. Deshalb war ich trotz allem in Sorge.«

»Sie können vollkommen beruhigt sein, Sir. Wir werden alles tun, um Ihre Tochter so schnell wie möglich zu finden. Mein Kollege ist bereits auf der Suche nach ihr.«

Er sah mich an. »Es ist zuviel in Unordnung geraten, Mr. Cotton. Und das Schlimme ist, daß ich einen erheblichen Teil dieser Unordnung mir selbst zuschreiben muß. Ich finde keine Worte für den Tod der armen Ellen Sparks, noch dazu, weil sie für meine Tochter gestorben ist. Daß ihre Mutter noch nicht benachrichtigt wurde, ist gut. Die beiden hatten kein gutes Verhältnis. Der Vater lebt nicht mehr, und Ellen suchte wegen der gestörten häuslichen Verhältnisse Zuflucht in ihrem Beruf. Und genau der einzige Ort, an dem sie sich wohl fühlte, hat jetzt ihr Leben gefordert.« Hamish Berwyn konnte nicht weitersprechen.

Ich wartete einen Moment, bevor ich weiterredete. »Sie wissen, Sir, daß mein Kollege und ich eigentlich aus einem völlig anderen Grund nach Fairview gekommen sind. Aber wir mußten erfahren, daß zwischen Hank Bellini und Mortimer Berwyn sehr enge Verbindungen bestehen, die wir nicht einfach übersehen konnten. Außerdem . . .«

Hamish Berwyn nickte. »Es ist richtig, was Sie tun. Ich habe immer versucht, in Mortimer mehr als nur einen Stiefsohn zu sehen. Ich wollte, daß er genauso zur Familie gehört wie meine Frau und Randy auch. Sicher habe ich auch eigennützig dabei gehandelt. Ich wollte, daß unsere Familie eine Einheit sein sollte, durch Einflüsse von außen unantastbar, verstehen Sie? Nun, Mortimer hat es mir nicht gedankt. Er hat immer nur genommen und nichts dafür gegeben. Nichts. Ich hätte es wissen sollen, aber ich wollte es nie wahrhaben. Er ist kein Berwyn, und es konnte mir einfach nicht gelingen, einen aus ihm zu machen. Ich sehe jetzt ein, daß es falsch war, seine Schandtaten zu dulden. Obwohl ich sicher bin, daß ich nur einen Bruchteil von dem kenne, was er in Wahrheit getrieben hat.«

Ich wußte, daß diese Worte des alten Berwyn einem Geständnis gleichkamen. Er mußte es so betrachten, noch dazu mir, einem Fremden, gegenüber. »Haben Sie eine Ahnung, wo sich Mortimer seit dem Mord in der Fabrik herumgetrieben hat?« erkundigte ich mich vorsichtig.

Er zuckte die Achseln. »Ich kann es nicht sagen. Wahrscheinlich aber hat er sich auf seine Motorjacht verkrochen. Ich habe sie ihm zu seinem einundzwanzigsten Geburtstag geschenkt.« Bitterkeit lag in seiner Stimme.

»Ich will Ihnen nichts verheimlichen«, erklärte ich rundheraus. »Vor etwa einer Stunde hat Mortimer einen Mordanschlag auf mich verübt. Es ist ihm gelungen, zu entkommen.« In knappen Worten schilderte ich den Vorfall.

Hamish Berwyns ohnehin schmale Lippen wurden zum Strich. »Das bricht ihm das Genick«, murmelte er tonlos. »Er weiß nicht mehr, was er tut, Mr. Cotton. Es bestätigt meine Vermutung. Er ist von der Bildfläche verschwunden, weil er ein Schuldgefühl verspürt. Denn seit dem Tag, an dem die Leiche im Holländer gefunden wurde, ist Mortimer nicht mehr zu Hause aufgetaucht. Und daß er sich mit Ihnen anlegt, beweist, daß er die Tragweite seiner Entschlüsse nicht mehr überblickt.«

»Mag sein«, nickte ich. »Mir ist allerdings unerklärlich, wie er in dem sumpfigen Gelände entkommen konnte, zumal er wahrscheinlich verletzt ist.«

»Er ist ein zäher Bursche, Mr. Cotton. Und er kennt das Ufergelände am Erie wie kein zweiter. Schon als Kind hat er sich dort herumgetrieben. Sie werden ihn unmöglich dort finden. Wahrscheinlich versucht er die Jacht zu erreichen. Seine Kumpane treiben sich fast ständig auf dem Schiff herum, gegen meinen Willen.«

»Wie heißt die Jacht?«

»Randy Berwyn. Wir haben ihr damals diesen

Namen gegeben, um Mortimers Verhältnis zu seiner Schwester zu verbessern. Aber es war ihm völlig egal, welchen Namen die Jacht trug. Sie war für ihn nur Mittel zum Zweck, um in sicherer Entfernung auf dem See neue Dummheiten auszubrüten, wenn es einmal brenzlig für ihn wurde.«

Das machte die Sache um einiges klarer. Mortimer Berwyns Schlupfwinkel befand sich also auf dem Wasser. »Ich werde Sie sofort informieren, sobald wir Näheres wissen«, versprach ich, »und Sie können sich darauf verlassen, daß wir Mortimer schonen, soweit es in unseren Kräften steht.«

Hamish Berwyn winkte ab. »Er hat es nicht verdient, Mr. Cotton. Nehmen Sie keine Rücksicht, wenn es Ihre Arbeit beeinträchtigen würde. Mortimer hat nie auf irgend jemanden Rücksicht genommen, nicht einmal auf seine Mutter, deren Ehe mit mir er eigentlich seinen Anschluß an die Familie Berwyn verdankt. Alle Vorzüge, die ich ihm verschafft habe, hat er wie selbstverständlich hingenommen. Es ist jetzt endgültig aus. Er gehört nicht mehr zu uns. Ich will ihn in diesem Haus nicht mehr sehen.«

Ich spürte ein leichtes Kratzen in der Kehle. Eine Antwort fiel mir in diesem Moment nicht ein. Ich verabschiedete mich von Hamish Berwyn und versprach noch einmal, daß ich von mir hören lassen würde.

»Finden Sie Randy, bitte!« rief er halblaut hinter mir her, als ich schon fast draußen war.

Phil kutschierte mit einem mausgrauen Dodge durch das morgendlich verschlafene Fairview. Von Sheriff Jackson hatte er erfahren, daß Randy Berwyn verlobt war. Name und Adresse des Mannes waren leicht herauszubekommen. Er arbeitete als Reporter für die Lokalzeitung des Ortes.

Der Zettel mit der flüchtig hingeworfenen Notiz lag neben Phil auf dem Beifahrersitz. ›Stanley Murdock, 16 Pittsburgh Lane.‹

Einen Stadtplan von Fairview gab es nicht. Aber trotzdem bereitete es meinem Freund keine Mühe den ›Pittsburgh Lane‹ zu finden. Jackson hatte ihm erklärt, daß es sich um eine Wohngegend im südwestlichen Randgebiet von Fairview handelte.

Vom Zentrum bis zu diesem Randgebiet brauchte Phil nur knapp zehn Minuten. Moderne Bungalows und mehr durchschnittliche Einfamilienhäuser lagen weit auseinander in scheinbar wahllosem Durcheinander. Dennoch war die Absicht der Planer, hier mit viel Gartenlandschaft und wenig Beton ein erholsames Wohnen zu ermöglichen, nicht zu verkennen.

Der ›Pittsburgh Lane‹ war eine der kleinen Stichstraßen, die von der Hauptstraße aus in die Wohnlandschaft führte. Die Nummer 16 war auf Anhieb zu finden. Phil stoppte den Dodge vor dem kleinen Bungalow und dachte daran, wie herrlich es sein mußte, ein solches Zuhause anstelle eines Serien-Apartments in einem der Betonklötze von Manhattan zu besitzen. Phil entdeckte in diesem Moment, daß auch kleinstädtisches Leben seine Reize haben kann.

Seufzend kletterte er aus der grauen Limousine und stelzte über einen Plattenweg durch den Vorgarten auf den Eingang des Bungalows zu. Das Klingelschild zeigte ihm, daß er an der richtigen Adresse war. Mit dem Daumen preßte er den Knopf sekundenlang herunter.

Keine Reaktion.

Phil startete einen zweiten Versuch und wartete.

Wieder ohne Erfolg. Auch beim dritten und beim vierten Versuch blieb es das gleiche.

Achselzuckend begann mein Freund, das Gebäude zu umkreisen. Doch keines der Fenster gewährte einen Blick ins Innere. Überall waren die Jalousien heruntergelassen. Alles deutete darauf hin, daß der Hausbewohner verreist war. Phil hatte das Gefühl, daß der Auftakt zu seiner Suche nach Randy Berwyn ein Schlag ins Wasser war. Er sah ein, daß es keinen Zweck hatte, weiter herumzustehen. Vielleicht wußten die Nachbarn etwas. Doch Phil gab diesen Gedanken auf. Es war nicht gut, die Leute unnötig rebellisch zu machen. Sofort würden Gerüchte zu kursieren beginnen, wenn sich einer der FBI-Beamten nach irgend jemanden erkundigte.

Auf dem Rückweg zum Wagen kam mein Freund an der Garage des Bungalows vorbei. In Kopfhöhe befand sich an der Längsseite ein kleines, quadratisches Fenster. Der Vollständigkeit halber unterzog er auch dieses Fenster einer Kontrolle.

Er mußte zweimal hinsehen. Doch es gab keinen Zweifel. Drinnen stand ein orangefarbenes Kleinauto vom Typ Clubman-Mini. Die Farbe war so auffällig, daß es keine Sinnestäuschung sein konnte.

Phil runzelte die Stirn. Wenn es der Wagen von Stanley Murdock war, wo steckte dann Murdock? Eine Dienstreise per Flugzeug vielleicht? Schon möglich. Auf alle Fälle nahm sich Phil vor, dieser Frage auf den Grund zu gehen. Er durfte nichts unversucht lassen. Wenn mit Sicherheit feststand, daß Stanley Murdock ohne seinen Wagen unterwegs war, dann schien dieser Anhaltspunkt für die Suche nach Randy Berwyn mit der gleichen Sicherheit aus.

Mein Freund kletterte in den grauen Dodge und

jagte zurück nach Fairview. Das Redaktionsgebäude der Lokalzeitung befand sich, wie alles andere, an der Main Street. ›Fairview Chronicle‹ stand in verschlungenen Leuchtbuchstaben über dem Eingang des dreigeschossigen Gebäudes.

Phil enterte die Halle mit dem Tresen für die Laufkundschaft. Ein flottes dunkelhaariges Girl erkundigte sich nach seinen Wünschen.

»Stanley Murdock arbeitet doch bei Ihnen, nicht wahr?« vergewisserte sich mein Freund mit dem schönsten Lächeln, das er zustande brachte.

»Ja, sicher. Worum handelt es sich, Sir?«

»Ist er zu sprechen?«

»Einen Moment, bitte.« Das Girl griff zum Telefonhörer und wählte eine zweistellige Hausnummer. Phil bekam mit, daß Stanley Murdock nicht anwesend war. Das Empfangsgirl teilte es ihm in verbindlichen Worten mit.

»Hat er einen Kollegen, mit dem man sich unterhalten kann?« wollte Phil wissen.

»Ja, Sir. Mr. Craig. Er ist der Leiter der Lokalredaktion. Soll ich Sie anmelden?«

»Tun Sie das. Mein Name ist Phil Decker, FBI New York. Wo finde ich Mr. Craig?«

»Im ersten Stock, Sir. Zweite Tür rechts.« Wie alle Leute in Fairview, schien das Girl bereits ganz genau zu wissen, daß Phil einer von den beiden sagenumwobenen FBI-Beamten war, die so überraschend aufgetaucht waren und unerwarteten Wirbel veranstalteten.

Phil stieg die flachen Marmortreppenstufen hinauf. An der zweiten Tür rechts stand der Name Craig in deutlichen Druckbuchstaben. Phil klopfte kurz und hart.

»Come in!« tönte es dumpf heraus.

Mein Freund folgte der Aufforderung. Craig war ein hagerer Mittvierziger. Halbglatze und Raubvogelnase bildeten die hervorstechendsten Merkmale seines Äußeren.

Zur Begrüßung wedelte er Phil mit einem Blatt Papier entgegen. »So ein Zufall, Mr. Decker! Gerade arbeite ich an einem Kommentar über die Tätigkeit von Ihnen und Ihrem Kollegen in unserer schönen Stadt.«

»Die Pressefreiheit in Fairview ist also wiederhergestellt«, konstatierte mein Freund trocken. Er setzte sich auf den Besucherstuhl.

»Wieso?« Craig ließ das Blatt sinken und machte eine verblüffte Miene. »Wie meinen Sie das?«

»So, wie ich es gesagt habe. Oder täusche ich mich, wenn ich annehme, daß Sie Ihre Meinung bisher nicht immer unverblümt veröffentlichen durften. Seit ich hier bin, habe ich einiges über Hamish Berwyn gehört.«

»Nun ja, äh . . .« Craig lächelte schief und bot Phil eine Zigarette an. »Was kann ich für Sie tun, Mr. Decker, Sie haben doch bestimmt einen Grund für Ihren Besuch in unserem Hause, nicht wahr?«

Phil bediente sich und ließ sich Feuer geben. »Sicher«, nickte er. »Es handelt sich um Stanley Murdock. Nur eine Formsache. Er ist nicht zu Hause und ich möchte gern erfahren, wo er steckt. Das ist alles.«

Craig zog die Augenbrauen in die Höhe. »Murdock?« echote er gedehnt. »Wieso interessieren Sie sich für Stan? Woher kennen Sie ihn überhaupt?«

»Eigntlich war ich es, der eine Frage gestellt hat«, gab Phil zu bedenken.

Craig schien es nicht gehört zu haben. »Ja, richtig natürlich!« sagte er dann. »Stan ist doch mit der kleinen Berwyn verlobt. Und da wollen Sie sich mit ihm unterhalten . . . wegen der Familienverhältnisse und so. Stimmt's?«

»In etwa«, nickte mein Freund entsagungsvoll. »Zum Thema, Mr. Craig: Wissen Sie, wo Murdock sich aufhält?«

»Aber natürlich«, lachte Craig, »natürlich weiß ich das. Ich kann Ihnen sogar seine Adresse geben. Er ist heute vormittag nach Kanada rübergeflogen. Nach Toronto, genauer gesagt. Liegt ja praktisch vor der Haustür, wissen Sie? Da drüben lebt seit ein paar Jahren ein junger Mann, der aus Fairview stammt und dort in Toronto einige beachtliche Erfolge auf dem Gebiet der Malerei verzeichnen konnte. Ich sagte mir, die Sache ist eine Reportage wert, und schickte Stan los. Warten Sie . . .« Er wühlte eifrig in den Papierbergen auf seinem Schreibtisch. »Ich hab' doch die Telefonnummer des Jungen. Moment . . . Aha. Hier ist sie.« Triumphierend hielt er einen Zettel hoch. »Für Sie, Mr. Decker werde ich jetzt drüben anrufen, um der Sache auf den Grund zu gehen. Ich kann mir gut vorstellen, wie das in Ihrem Beruf ist. Sie müssen alles hundertprozentig genau wissen. Nicht der kleinste Unsicherheitsfaktor darf übrigbleiben, stimmt's? Sie sollen nicht sagen, daß Sie in Fairview kein Entgegenkommen gefunden haben. Deshalb rufe ich jetzt an . . .«

»Tun Sie's!« bat Phil und sah flehentlich zur Decke.

Craig telefonierte tatsächlich. Den Wortschwall, mit dem er die Sprechmuschel des Hörers traktierte, bekam Phil nur zur Hälfte mit. Doch augenscheinlich verschlug es Craig in diesem Augenblick die Sprache.

»Danke«, murmelte er verstört und ließ den Hörer auf die Gabel sinken. Er sah Phil aus runden Augen an. »Verstehen Sie das? Stan ist überhaupt nicht in Toronto. Er ist überhaupt nicht angekommen.«

Phil nickte nur. »Klingt einleuchtend, Mr. Craig. Er hat also seine vorgesehene Dienstreise nicht angetreten. Das genügt mir fürs erste. Eine Frage noch: Er fährt doch einen orangefarbenen Mini, nicht wahr?«

Craig wachte aus seiner Verstörtheit auf. »Einen Mini? Diesen englischen Flitzer? O nein, Mr. Decker. Stan fährt einen Javelin SST. Erst vor einem halben Jahr hat er ihn sich gekauft. Der Wagen ist silbergrau. Bestimmt verwechseln Sie das, weil Sie Stan vielleicht einmal zusammen mit der kleinen Berwyn haben fahren sehen. Die Kleine fährt nämlich den Mini. Orangefarben. Hat ihn natürlich von ihrem Alten geschenkt bekommen. Zum Geburtstag, glaube ich. Wenn unsereins sich Hemd und Schlips schenkt, schenken solche Leute sich eben . . .«

Phil unterbrach seinen Wortschwall. Er hatte es plötzlich eilig. »Falls ich noch Fragen habe, rufe ich Sie an, Mr. Craig! So long.« Er war bereits draußen, bevor der Zeitungsmann eine neue Endlosrede auf meinen Freund herabprasseln lassen konnte.

In Windeseile hetzte Phil zum Office des Sheriffs hinüber. Jackson war in seinem Büro.

»Ist Jerry noch nicht zurück?« erkundigte sich Phil.

Andrew Jackson schüttelte den Kopf. Er informierte meinen Freund über den Wettkampf zwischen Jaguar und Toronado.

»Mann!« stöhnte Phil. »Meine Nachricht ist nicht viel besser.« Im Telegrammstil schilderte er seine bisherigen Feststellungen.

»Merkwürdig«, meinte Jackson stirnrunzelnd. »Randy Berwyns Wagen steht in Murdocks Garage, und Murdock ist genauso verschwunden wie Randy. Das kann doch nur bedeuten . . .«

». . . daß sie beide zusammen von der Szene abgetreten sind«, ergänzte Phil. »Aber wohin? Das ist die Frage. Deshalb bin ich noch mal hergekommen. Haben Sie eine Ahnung, wohin Stanley Murdock verschwinden würde, wenn er vor die Aufgabe gestellt würde, sich mit seiner Verlobten zu verstecken. Denn darauf läuft das Ganze doch hinaus, wie mir scheint.«

Der Sheriff nickte stumm. Er fuhr sich mit den Fingern durch das Haar. »Verdammte Situation«, knurrte er, »ich kenne Murdock kaum. Keine Ahnung, ob er verwandtschaftliche Beziehungen zur Nachbarschaft hat oder ob er überhaupt aus dieser Gegend stammt. Fairview ist zwar klein, aber jeden einzelnen kennt man denn doch nicht.«

»Ich sehe schon, worauf es hinausläuft«, seufzte Phil. »Ich muß es auf mich nehmen, diesen Craig noch einmal anzurufen.«

»Hoffentlich macht er sich keinen Reim auf die Geschichte.«

Phil schüttelte den Kopf. »Ich werde aufpassen. Und außerdem bin ich sicher, daß wir Randy Berwyn gefunden haben, bevor die nächste Ausgabe des Fairview Chronicle erscheint.« Er ließ sich von Jackson die Verbindung mit der Zeitung geben und nahm den Telefonhörer entgegen

»Hallo!« scholl ihm die Stimme Craigs aus der Membrane entgegen.

»Ich bin's noch mal«, sagte Phil und nannte seinen Namen. Schnell setzte er nach, bevor Craig zu einer Antwort ansetzen konnte. »Was ich noch wissen möchte, ist folgendes: Stammt Stanley Murdock aus Fairview? Wenn nicht, ist er schon lange hier. Und drittens: Wie gut kennt er die Umgebung und die Nachbarorte, beziehungsweise hat er dort Verwandte?«

»Oho! Eine Menge Fragen, Mr. Decker!« lachte Craig

gekünstelt. »Ich werde versuchen, alles erschöpfend zu beantworten.«

Deutlich war zu hören, wie Craig Luft holte. Jackson, der den Zweithörer über das Ohr gestülpt hatte, grinste Phil schadenfroh an.

»Stan und ich arbeiten seit gut fünf Jahren zusammen«, begann Craig seine Geschichte, von der schon jetzt feststand, daß sie ziemlich lang werden würde. »Er ist ein Pfundskerl, wir kommen prächtig miteinander aus. Bei so einer kleinen Zeitung spielt doch das Persönliche eine erhebliche Rolle, wissen Sie? Ja, ich kann sagen, daß ich mir keinen besseren Kollegen als Stan Murdock vorstellen könnte. Und er kennt die Verhältnisse hierzulande wie kaum ein zweiter. Geboren ist er in Meadsville, etwa fünfzig Meilen von hier. Aber seine Eltern zogen nach Fairview, als Stan fünf Jahre alt war. Er ging hier zur Schule . . .«

Phil legte die Hand über die Sprechmuschel. »Hören Sie weiter zu«, bat er den Sheriff. »Ich brauche dringend eine Zigarette. Wenn etwas Wichtiges kommt, sagen Sie mir Bescheid, ja?«

Jackson nickte, und Phil konnte sich eine Verschnaufpause gönnen. Aus dem Hörer, der vor ihm auf dem Tisch lag, war das pausenlose Quäken von Craigs Stimme zu hören. Phil hatte die Zigarette halb zu Ende geraucht, als ihm Jackson ein Zeichen mit der Hand gab. Mein Freund nahm den Hörer erneut ans Ohr.

» . . . ja also, wenn Sie mich fragen, für Stan steht der Beruf an erster Stelle. Ich weiß, nicht wie er in dieser Beziehung mit der kleinen Berwyn zurechtkommt, aber vor der Ehe sieht ja alles anders aus, hä, hä, hä! Soweit ich weiß, hat der gute Stan nur ein einziges Hobby und das ist seine Angelei. Es beruhigt die Nerven, sagt er immer. In seine Ausrüstung hat er 'ne Menge Geld investiert. Sogar ein eigenes Motorboot hat er sich zugelegt, in erster Linie fürs Angeln. Na ja, und wie es scheint, hat er im letzten Jahr sogar seine Verlobte dafür begeistert. Die beiden haben zusammen Urlaub gemacht und draußen in Stans Wohnwagen kampiert. Er hat 'nen festen Platz dafür, und . . .«

»Mann! Wo steht der Wohnwagen?« brüllte Phil in den Hörer, daß selbst Sheriff Jackson zusammenzuckte.

»Der Wohnwagen?« wiederholte Craig, der völlig aus dem Konzept gebracht schien. »Zwanzig Meilen südwestlich von Fairview. Ein Platz, der extra für Sportfischer angelegt wurde. ›Fisherman's Rest‹ heißt das Gelände, wenn ich mich nicht irre. Liegt direkt am See . . .«

»Das genügt«, unterbrach Phil ungeduldig. »Vielen Dank, Mr. Craig.« Er knallte den Hörer in die Gabel.

»Meinen Sie, daß es die richtige Spur ist?« erkundigte sich Jackson stirnrunzelnd.

»Schon möglich, Sheriff. Ich habe so ein Kribbeln in den Fingerspitzen. Es sagt mir, daß uns der Wohnwagen womöglich weiterhelfen könnte.« Phil setzte ein verschmitztes Lächeln auf. »Wenn Jerry zurückkommt, richten Sie ihm bitte aus, daß ich hingefahren bin.«

»Geht in Ordnung« versprach Jackson, »und viel Glück, Mr. Decker!«

Phil hörte es nur noch mit halbem Ohr. Er war bereits draußen.

Ich kurbelte das Lenkrad nach rechts und rangierte den Toronado auf den Parkplatz vor dem Office des Sheriffs. In Gedanken noch bei der Familiengeschichte der Berwyns, steuerte ich auf den Eingang des Dienstgebäudes zu.

Phil rannte mich fast um.

»Hallo!« stutzte ich. »Dein verschleierter Gesichtsausdruck signalisiert eine heiße Spur.«

»Kann man wohl sagen«, nickte Phil. »Nehmen wir deinen Wagen?«

»Geht in Ordnung.«

»Okay, dann schwing dich hinter das Lenkrad. Ich sage Jackson Bescheid, daß er nicht mehr auf dich zu warten braucht.« Phil ließ mich einfach stehen und rannte zurück ins Gebäude.

Ich hatte mich kaum auf den Führersitz des geliehenen Flitzers geschwungen, als mein Freund bereits wieder auf der Bildfläche erschien. Er knallte sich in die Beifahrerpolster. Ich ließ den Toronado anrollen. »Welche Richtung?« erkundigte ich mich.

»Nach Südwesten, Fernziel Cleveland«, informierte mich Phil.

»Du hast doch nicht etwa vor, mit mir einen Trip nach Ohio zu unternehmen?« äußerte ich eine vage Hoffnung.

»Keine Sorge, Alter. Die State Route führt am See entlang nach Cleveland. Wir haben von hier aus nur zwanzig Meilen zurückzulegen.« Kurz und bündig unterrichtete mich Phil über das vorläufige Ergebnis seiner Nachforschungen.

»Hoffentlich enthält der Wohnwagen tatsächlich das Geheimnis, das wir uns wünschen«, meinte ich und revanchierte mich mit einer knappen Schilderung der Ereignisse, die ich über mich hatte ergehen lassen.

»Donnerwetter«, staunte Phil, als ich geendet hatte. »Der Sproß aus dem Hause Berwyn scheint sich ja wohl ernsthaft mit uns anlegen zu wollen.«

»Vorerst hatte er es nur auf mich abgesehen«, korrigierte ich. »Um Haaresbreite hätte er Glück damit gehabt und du hättest den Rächer spielen können.«

»Auch eine Rolle, die mir vielleicht mal gefallen würde.«

Wir grinsten uns an.

Die Fahrt bis zu dem Spezial-Campingplatz für Sportfischer dauerte etwa eine halbe Stunde. Die Straße war nach Südwesten genauso kurvenreich wie nach Erie. Deshalb konnte ich dem Toronado nur zeitweise die Zügel lockern.

›Fisherman's Rest‹ war nicht zu verfehlen. Breite Holzplanken mit klotziger Schrift hingen quer über der Einfahrt. Schon fünfhundert Yard vorher hatte ein knallgelb lackiertes Schild auf den Platz hingewiesen.

Ich lenkte den Toronado auf das Portal zu und stoppte neben dem Bretterhäuschen des Platzwartes. Ein runzliges Männchen mit überdimensionaler Schirmmütze starrte uns mißtrauisch an.

»Sie sehen nicht aus wie Angler«, stellte der Runzlige durch die heruntergedrehte Seitenscheibe fest. Er beugte sich herab und musterte uns ungeniert, stellte aber keine Frage. Offenbar erwartete er, daß wir freiwillig unsere Identität klären.

»Wir sind Bekannte von Stan Murdock«, erklärte Phil, »und wir möchten ihn besuchen.«

»Sorry, Gentlemen«, schnarrte der Runzlige. »Stan Murdock ist nicht hier. Sie haben kein Glück. Versuchen Sie's in Fairview. Vielleicht treiben Sie ihn dort auf.«

Er sagte es eine Spur zu schnell. Und außerdem war es für uns klar, daß sich Murdock aus gutem Grund gegenüber irgendwelchen Besuchern abgesichert hatte. Durchaus verständlich. Wir präsentierten dem Runzligen also unsere ID-Cards und brachten ihn aus der Fassung.

»Um Himmels willen!« stieß er erschrocken hervor. »Murdock hat sich doch nichts zuschulden kommen lassen?«

»Keine Sorge«, beruhigte Phil ihn. »Murdock arbeitet mit uns zusammen, und wir sind als einzige von seinem Hiersein unterrichtet. Geheime Mission, verstehen Sie?«

»Ach so!« Ein Leuchten glitt über das Runzelgesicht. »Das ist natürlich etwas anderes, Gentlemen. Folgen Sie dem Hauptweg, und nehmen Sie die zweite Abzweigung nach rechts. Dort steht nur ein einziger Wohnwagen. Er gehört Murdock.«

Ich setzte den Toronado in Bewegung und fuhr den beschriebenen Weg entlang. Das Gelände war von jungen Bäumen und planvoll angelegten Buschgruppen übersät. Erst als ich in die Abzweigung einbog, konnten wir den Wohnwagen in zehn Yard Entfernung erkennen.

Der Mann wirbelte herum und starrte uns erschrokken entgegen. Er war im Begriff gewesen, in den Wohnwagen zu klettern. Regungslos sah er dem Toronado entgegen und beobachtete instinktiv jede unserer Bewegungen, als wir ausstiegen. Er war schlank, dunkelhaarig und sah ganz so aus, wie man sich einen sympathischen großen Jungen vorstellt.

Wir gingen auf ihn zu. »Sind Sie Stan Murdock?« erkundigte ich mich höflich.

Er nickte verwirrt, brachte aber kein Wort hervor.

Wir zeigten ihm unsere Ausweise und stellten uns vor. Deutlich war die Erleichterung zu erkennen, die sein Gesicht glättete. Er drehte den Kopf nach rückwärts.

»Du kannst herauskommen, Randy!« rief er. »Stell dir vor, wir haben Besuch vom FBI!«

Drinnen wurden Schritte hörbar. Dann hatten wir das blonde Girl vor uns, das nur dank einer Verwechslung noch am Leben war. Wir nannten unsere Namen und begrüßten sie.

»Weshalb sind Sie gekommen?« fragte Randy ernst. »Haben Sie Mortimer verhaftet?«

Ihre Offenheit war nahezu schockierend. »Ganz noch nicht«, erwiderte ich verblüfft, »aber es ist nur noch eine Frage der Zeit, Miß Berwyn.«

»Dann bin ich beruhigt.«

Phil und ich sahen uns wortlos an.

»Aber warum stehen wir denn hier herum?« klärte Murdock lachend die Situation. Man merkte es ihm an, wie erleichtert er war. »Kommen Sie herein, Gentlemen. Bei einem Drink läßt es sich besser miteinander reden.«

Wir folgten seiner Aufforderung und ließen uns im Wohnwagen am Tisch nieder. Randy servierte uns einen kühlen Orangensaft mit dicken Eiswürfeln.

Ich informierte die beiden über den Stand unserer Ermittlungen. Es war kein Risiko dabei. Sie konnten es ruhig wissen. »Am besten wäre es, wenn Sie nach Hause zurückkehren würden, Miß Berwyn«, schloß ich. »Erstens macht sich Ihr Vater große Sorgen um Sie, und zweitens wäre die Villa garantiert der letzte Ort, an dem Mortimer Sie vermuten würde.«

Randy blickte hilfesuchend in die Runde. »Ich weiß nicht recht«, meinte sie achselzuckend.

»Ich glaube, Mr. Cotton hat völlig recht«, machte Murdock ihr Mut. »Sieh mal, Darling. Wenn Mortimer etwas von der Verwechslung ahnt, dann wird er doch annehmen müssen, daß du es ebenfalls weißt und daß du aus diesem Grund geflohen bist. Also wird er dich suchen, und wie du siehst, haben auch die beiden

G-men unser Versteck gefunden. Folglich wird es auch für Mortimer nicht unmöglich sein. No, Randy, auch ich glaube, daß es richtig wäre, wenn du nach Hause zurückkehren würdest.«

»Es ist wirklich die beste Lösung«, pflichtete ihm Phil bei. »Außerdem brauchen Sie nicht zu befürchten, daß Sie völlig schutzlos sind, Miß Berwyn. Selbstverständlich werden wir dafür sorgen, daß Sie bewacht werden.«

»Vergessen Sie nicht, daß wir ein sicheres Gefühl im Rücken brauchen, wenn wir Mortimer dingfest machen wollen«, fügte ich hinzu. »Und solange wir nicht wußten, wo Sie steckten, haben wir uns verdammt unsicher gefühlt. Wenn Sie aber jetzt mit uns zurückkommen, sieht die Sache völlig anders aus.«

Randy sah uns sekundenlang stumm an. »Ich danke Ihnen für Ihre Mühe«, sagte sie dann. »Und ich werde Sie nicht enttäuschen. Ich komme mit. Dad soll nicht länger im ungewissen bleiben.«

Ich hatte das deutliche Gefühl, daß wir Schritt für Schritt unserem Ziel näher kamen und dieses Ziel kurvte zur Zeit vermutlich irgendwo draußen auf dem Lake Erie herum.

Bevor wir unseren Einsatz starteten, telefonierte ich kurz mit Mr. High.

Hank Bellini war wohlbehalten in New York angekommen, und die Haftbefehle für seine beiden Komplicen lagen ebenfalls vor. Nur hatten wir von den beiden leider nicht mehr als eine – allerdings genaue – Personenbeschreibung. Ich hatte noch keinen genauen Plan. Wie sollten wir die beiden aufstöbern, um Mortimer Berwyn zu ködern? Mir schien, als würden wir nur über ihn selbst an Hank Bellinis Komplicen herankommen.

Phil und ich sahen aus, als seien wir soeben einem Greyhound-Bus voller unternehmungslustiger Touristen entsprungen. Beide trugen wir Popeline-Shorts, die unsere haarigen Filmbeine preisgaben. Über buntkarierten Baumwollhemden hatten wir Fotoapparat, Schmalfilmkamera und Fernglas baumeln. Wovon letzteres das einzig Wichtige für uns war. Sheriff Jackson verfügte zwar über keine Requistenkammer, wie wir es vom FBI her gewöhnt waren. Aber dennoch hatte er es mit Hilfe seiner Mitarbeiter geschafft, uns die Sachen im Handumdrehen zu besorgen.

Wir rollten per Toronado zum Hafen hinunter und marschierten zum Steg des einzigen Bootsverleihers von Fairview hinüber. Phil trug eine flache Kunststofftasche mit dem Emblem einer Flugesellschaft bei sich. Kein Mensch konnte ahnen, daß sich darin unsere Dienstrevolver verbargen.

Wir mieteten uns einen rotweißen Fiberglas-Flitzer, dessen Außenborder rund 120 Pferdestärken entfaltete. Das Boot war nicht gerade billig. Aber ich dachte weniger an die ohnehin strapazierte Spesenabrechnung als vielmehr daran, daß wir einige Kraftreserven brauchten, wenn wir es unter Umständen mit einer schweren Motorjacht aufnehmen mußten.

Der Verleihehr war ein geschäftstüchtiger Mann. Bevor wir in unser Boot klettern konnten, offerierte er uns eine komplette Angelausrüstung. Leihweise. Zehn Dollar pro Stunde.

»Täuschen Sie sich nicht, Gentlemen«, ermahnte er uns, »es kann verdammt langweilig werden, draußen auf dem See. Aber wenn Sie eine Angel dabeihaben, können Sie sich wenigstens mit den Fischen amüsieren.«

Er hatte nicht ganz unrecht. Er konnte zwar nicht wissen, daß die Langeweile für uns keine Rolle spielte, aber eine zusätzliche Tarnung war mir im Grunde willkommen. Ich sah Phil fragend an. Er nickte. Wir verscheuchten also die Gedanken an die Spesenabrechnung entgültig und nahmen die Angelausrüstung.

Schwer bepackt stiegen wir in den schwankenden Bootskörper. Wir bemühten uns, dabei reichlich unbeholfen zu wirken. Umständlich verstauten wir unsere Sachen, und dann machte ich mich an den Außenborder. Der Bootsverleiher beobachtete uns. Er war bereit, jeden Moment einzugreifen. Ich machte ihm die Freude und ging nicht allzu fachmännisch mit dem Außenborder um. Dennoch schaffte ich es nach einiger gespielter Mühe das Ding in Gang zu setzen.

Wir winkten dem Verleiher zu, der sichtlich aufatmete. Dann brausten wir los. Wie im Rausch der ersten Geschwindigkeit, ließen wir uns die Spritzer der Bugwelle um die Ohren wehen. Die kleinen Wellen, die die Oberfläche des Sees kräuselten, knatterten unter dem Rumpf des Boots.

Wir stoppten unsere Fahrt, als das Ufer mit bloßem Auge nur noch als verschwommene Linie am Horizont zu erkennen war. Genaugenommen waren wir völlig auf blauen Dunst hinausgefahren. Ernsthaft konnten wir nicht damit rechnen, daß irgendwann Mortimer Berwyns Jacht auftauchen würde. Aber er war verletzt. Und falls er es geschafft hatte, sich auf seinen Kahn zurückzuziehen, wie ich annahm, dann würde er sich vermutlich blicken lassen. Denn möglicherweise brauchte er einen Arzt. Oder er würde versuchen, trotz allem, seinen Mordanschlag auf mich zu wiederholen. Möglichkeiten gab es genug.

Wir ließen also den chromblitzenden Anker hinunter, mit dem unser Boot ausgerüstet war und tauchten der guten Tarnung wegen die Angelschnüre in die blauen Fluten des Lake Erie.

»Ich möchte wetten, daß es an dieser Stelle garantiert keine Fische gibt«, meinte Phil.

»Und wenn es sie gab, dann hast du sie durch dein lächerliches Aussehen längst verscheucht«, entgegnete ich.

»Anscheinend glaubst du, daß du besser aussiehst«, maulte mein Freund.

Wir wappneten uns mit Geduld und packten das Fernglas aus. Es hatte eine ausgezeichnete Optik und holte die Uferlandschaft zum Greifen nahe heran. Aber auch in allen anderen Richtungen konnten wir den See meilenweit überblicken.

Ich übernahm den Beobachtungsposten und hing mir das doppeläugige Glas vor die Brust. Innerhalb kurzer Zeit war ich mit der Umgebung vertraut. Weiter draußen kreuzten mehrere Segelboote vor dem schwachen Wind. Die Sonne über uns meinte es so gut, daß man kaum Lust hatte, den kleinen Finger zu bewegen. Hin und wieder zogen kleinere Motorboote in Ufernähe vorüber. Von einer Jacht war weit und breit nichts zu sehen.

Ich konzentrierte also meine Aufmerksamkeit auf den Horizont. Platz war genug vorhanden. Wir konnten jederzeit unseren Standort wechseln, wenn uns jemand zu nahe kommen sollte.

Doch es kam niemand. Wir blieben allein auf weiter Flur. Zum Glück hatten wir uns mit einem ausreichenden Zigarettenvorrat eingedeckt.

Phil schreckte plötzlich hoch. Die Angelrute, deren Ende er unter seinem rechten Fuß festgeklemmt hatte, verfiel in eine deutliche Zitterbewegung.

»Das gibt's doch nicht«, staunte Phil entgeistert. Reaktionsschnell begann er zu kurbeln und hatte im nächsten Moment ein silbrig giltzerndes Etwas ans Sonnenlicht befördert.

»Sieht aus wie ein Hering«, meinte ich anerkennend. »Alle Achtung, Alter. Wenn du so weitermachst, brauchen wir kein Abendessen auf die Spesenrechnung zu setzen.«

»Hering!« lachte Phil los. »Wenn es hier Heringe gäbe, könnten wir uns vor Fischkuttern nicht retten. No, Alter! Das ist alles andere als ein Hering.«

»Was ist es denn?«

»Woher soll ich das wissen? Schließlich bin ich kein Fachmann.«

»Dachte ich immer.«

»Laß das Denken lieber sein.« Phil machte den vermeintlichen Hering vom Haken los und warf ihn zurück ins Wasser.

»He!« protestierte ich. »Was wird mit dem Abendessen?«

»Spesen«, erklärte Phil knapp, »der arme Hering war noch viel zu klein, um in der Pfanne zu enden.«

»Du mußt es ja wissen«, meinte ich achselzuckend und widmete mich wieder meiner Beobachtertätigkeit.

Ich hatte das Fernglas kaum angesetzt, als ich hochschreckte. Hastig drehte ich an der Justierung, bis ich den nördlichen Horizont noch schärfer in der Optik hatte.

Kein Zweifel. Ich reichte Phil das Glas und zeigte ihm die Richtung. Er hatte seine Angel vergessen und starrte aufmerksam hindurch.

»Ziemlich großer Apparat«, stellte er fest. »Sollten wir tatsächlich Glück haben?« Er gab mir das Fernglas zurück.

Ich blickte erneut hindurch. Ein wuchtiger weißlakkierter Schiffsrumpf, der mit rascher Fahrt ziemlich genau in unsere Richtung steuerte. Lichtreflexe blitzten über dem Rumpf, offenbar durch Kajütfenster und Chromteile verursacht. Noch war der Name des Schiffs nicht zu entziffern.

»Auf alle Fälle ist es eine Motorjacht«, erklärte ich, »und das entspricht schon beinahe unseren Wünschen.«

Angespannt warteten wir, bis die Jacht näher kam. Nach zwei Minuten erkannte ich die hochschäumende Bugwelle. Von dem Schiffsnamen war dadurch noch immer nichts zu sehen. Phil teilte mir mit, daß er die Umrisse der Jacht schon mit bloßem Auge erkennen konnte. Ich ließ das Fernglas sinken und sah, daß er recht hatte. Für alle Fälle machte ich unseren Außenborder klar und ließ ihn im Leerlauf tuckern.

Dann nahm ich erneut die Optik zu Hilfe. Die Jacht änderte ihren Kurs und zeigte jetzt mit dem Bug fast haargenau zum Ufer hin. Immer deutlicher schob sich das luxuriöse Schiff in den Gesichtskreis meines Fernglases.

Und auf einmal wußte ich, daß wir Glück hatten. Unverschämtes Glück. ›Randy Berwyn‹, entzifferte ich die Buchstaben am Bug der Jacht.

»Damit hätten wir das Ziel im Visier«, meinte Phil. »Die Angeln lassen wir wohl besser noch draußen, wie?«

»Auf alle Fälle«, entschied ich. »Erst müssen wir wissen, was unser Freund Mortimer vorhat.«

Es dauerte nicht lange, dann wußten wir es. Die Jacht verringerte ihr Tempo. Ich schätzte, daß sie eine halbe Seemeile von uns entfernt war. Dann wurde der Anker heruntergelassen. Ich konnte erkennen, daß mindestens ein halbes Dutzend Leute an Deck auftauchte. Vorsichtshalber ließ ich das Fernglas sinken und nahm eine der beiden Angeln in die Hand. Garantiert beobachteten die Burschen ihre Umgebung. Sie brauchten nicht zu wissen, daß sich zwei harmlos aussehende Touristen für sie interessierten.

Auch ohne Glas konnten wir Minuten später beobachteten, wie sich das kleine Beiboot vom großen Rumpf der Jacht löste und rasch Fahrt aufnahm.

Vorsichtig setzte ich doch noch einmal das Fernglas an die Augen. Der Kurs des Boots zielte schräg zum Ufer hin. Etwa südwestliche Richtung. Es mußte also ziemlich dicht an uns vorbeikommen.

»Warten wir ab«, meinte ich, »die nächsten Informationen bekommen wir frei Haus geliefert.«

Ich behielt recht. Das Boot kam mit röhrendem Außenborder in Sichtweite.

Mit bloßem Auge war zu erkennen, daß zwei Mann drin saßen. Sie kurvten so nahe an uns vorbei, daß unsere Angelschur ausgereicht hätte, die Verbindung zu ihnen herzustellen.

»Petri Heil!« grölte einer von ihnen herüber. Frivol, die Burschen. Aber sie konnten natürlich nicht wissen, daß sie zwei FBI-Agenten Anglerglück gewünscht hatten.

Wir ruderten zum Dank mit den Armen in der Luft, ganz wie freundliche Touristen. Unverfroren nahm ich mein Fernglas zur Hand, um zu sehen, welche Art von Typen uns für friedliche Angler hielten.

Ich konnte es kaum glauben. Vor meinem geistigen Auge erschienen die Seiten einer New Yorker Polizeiakte. Mordkommission Bronx, Zeugenbeschreibungen. Eine wie die andere. Zwei dunkelhaarige Langmähnen, die aussahen, als ob sie Brüder seien. Genau diese Beschreibung traf auf die beiden Insassen des Beiboots der Jacht zu.

Ich ließ das Glas sinken, weil die beiden grinsend herüberstarrten. »Du wirst es nicht fassen, Phil«, murmelte ich, »sie sind es.«

»Wer?« fragte mein Freund verständnislos.

»Die beiden, für die Mr. High uns einen Haftbefehl reserviert hat.«

Phil verschlug es die Sprache.

Gespannt beobachteten wir das Boot, wie es schräg auf das Ufer zusteuerte und sich rasch von uns entfernte. Ohne zu überlegen, packten wir unsere Angeln ein, warteten einen Augenblick und nahmen dann mit langsamer Fahrt Kurs auf den Hafen von Fairview.

Dabei konnten wir das Beiboot ohne Mühe beobachten. Es rauschte in sicherer Entfernung am Hafen vorbei und steuerte wenig später einem bestimmten Punkt im grünen Ufergelände zu. Wir folgten den beiden Langhaarigen so weit, daß wir sie mit dem Fernglas noch beobachten konnten. Sie konnten dagegen mit bloßem Auge von unserer offenkundigen Neugier nichts mitbekommen.

Wir sahen, wie ihr Boot offensichtlich in einer kleinen Bucht verschwand. Weiter landeinwärts war eine Holzhütte zu erkennen. Die beiden Komplicen Bellinis tauchten davor auf und verschwanden im Inneren. Sekunden später schob sich der schneeweiße Lack einer Autokarosserie ins Blickfeld.

»Ein Mercedes«, stellte ich ohne Erregung fest. Überraschungen waren schließlich nichts Neues für uns.

»Jetzt wundert mich gar nichts mehr«, kommentierte Phil kopfschüttelnd.

Wir ließen die hundertzwanzig Pferdestärken unseres Außenborders spielen und jagten mit Höchstgeschwindigkeit zurück zum Hafen. Der Verleiher staunte zwar, daß wir sein Boot und die Angelausrüstung heil zurückbrachten, doch wir hatten keine Zeit für nichtssagende Gespräche. Eilig beglichen wir unsere Rechnung und hetzten zum Toronado, den wir auf dem Hafenvorplatz abgestellt hatten.

Fairview war nicht so groß, daß ein auffälliges Fahrzeug wie ein Mercedes spurlos verschwinden konnte. Zielstrebig steuerte ich also die Hauptstraße an und machte mich auf eine Blitzrundfahrt gefaßt, um die Burschen aufzuspüren. Doch wir hatten diesen Aufwand nicht einmal nötig.

Noch bevor wir richtig zur Besinnung kamen, rollte der Mercedes vor unseren Augen über die Main Street und bog in die Abzweigung nach Erie ein.

Die beiden Langhaarigen legten ein scharfes Tempo vor. Doch ich hatte keine Mühe mit dem Toronado Schritt zu halten. Wir verloren sie nicht aus den Augen.

Kurz vor der Abzweigung zur Villa Berwyn verringerten sie die Geschwindigkeit. Offenbar schienen sie mit Verfolgern nicht zu rechnen.

Diese Vermutung bestätigte sich, als sie den Mercedes an den Straßenrand lenkten und ausstiegen.

Ich gab Gas, um die letzte Distanz zu überbrücken. Vor uns schickten sich die beiden Langhaarigen an, die Straße zu überqueren. Phil hatte seinen 38er aus der Reisetasche geholt und die Tür geöffnet. Als ich mit kreischenden Bremsen hinter dem Heck der weißen Limousine stoppte, sprang er mit einem Satz hinaus und rannte auf die beiden Typen zu, die erschrocken herumwirbelten.

Ich zog die Handbremse an, schnappte mir meinen Dienstrevolver und hetzte hinterher. Das Ganze dauerte nur Sekunden. Bevor unsere beiden Freunde begriffen, was die Stunde geschlagen hatte, war es für sie schon zu spät.

Fassungslos wichen sie mit erhobenen Händen zu ihrem Wagen zurück. Sie starrten uns an, als seien wir vor ihren Augen mit einer fliegenden Untertasse gelandet.

Erst jetzt fiel mir ein, daß wir immer noch in unserer Touristenaufmachung herumliefen. Die Burschen hatten allen Grund sich zu wundern.

»Laßt euch durch Äußerlichkeiten nicht täuschen«, ermahnte ich sie, »und behaltet die Händchen hübsch brav oben.«

Phl zeigte ihnen ordnungsgemäß seine Dienstmarke und sagte die Verhaftungsformel auf. Sie wurden schlagartig bleich. Keiner von beiden machte den Versuch, sich zu wehren, geschweige denn uns mit bösen Worten zu bedenken. Stumm und schreckensstarr ließen sie es über sich ergehen, daß Phil sie durchsuchte, während ich sie in Schach hielt.

Mein Freund förderte zwei Klappmesser und zwei Schlagringe zutage. »So harmlos, wie sie aussehen, sind sie also doch nicht«, stellte er sarkastisch fest.

Dann verfrachteten wir sie auf die Notsitzbank unseres Toronado. Den Schlüssel des Mercedes kassierte ich ein. Phil hockte sich schräg auf den Beifahrersitz und behielt sie im Auge. Ich wendete und jagte mit unserer unverhofften Fracht zurück nach Fairview.

Auch Sheriff Jackson hatte sich seit unserem Auftauchen an Überraschungen gewöhnt. Also ließ er die beiden Langhaarigen ohne viele Worte in eine Zelle verfrachten, damit wir Zeit hatten, uns in durchschnittlich aussehende FBI-Beamte zurückzuverwandeln.

Der Vernehmungsraum des Sheriffs Office von Fairview war brauchbar. Kahle Wände und nur das Notwendigste an Mobiliar.

Wir hatten das Fenster verdunkeln lassen und die beiden Bellini-Komplicen nebeneinander auf unbequeme Holzstühle placiert. Noch brannte die Deckenbeleuchtung, aber die starke scheinwerferähnliche Lampe, mit der wir sie kleinkriegen wollten, war einsatzbereit. Außer uns war nur Sheriff Jackson anwesend. Wir hockten vor einem derben Tisch mit Aschenbecher, Zigarettenschachteln und Feuerzeug. Es konnte losgehen.

Für Jackson waren die beiden alte Bekannte. Phil und ich wußten jetzt, daß sie tatsächlich Brüder waren und Turner hießen! Douglas und Jim. Letzterer wurde allerdings nur Jimmy genannt, vielleicht weil er der Jüngere war.

Die beiden hingen störrisch auf ihren Stühlen, und die verkniffenen Gesichtszüge deuteten ganz darauf hin, daß sie sich vorgenommen hatten, den Mund nicht aufzumachen.

Ich sah Sheriff Jackson und Phil an. Sie nickten. Wortlos knipste ich die Scheinwerferlampe an und drehte den grellen Lichtkegel so, daß er Jimmy und Douglas voll erfaßte. Jackson schaltete die Deckenbeleuchtung aus. Um uns herum war es jetzt völlig dunkel. Nur die beiden Turners hatten noch Licht. Mehr als sie brauchten.

Abwehrend hielten sie sich die Hände vor die Augen, blinzelten verzweifelt und versuchten, sich an die grelle Illumination zu gewöhnen. Es gelang ihnen nicht.

Zu Hause in New York hatten wir Kollegen, die als Vernehmungsspezialisten ausgebildet sind. Aber in diesem speziellen Fall sah ich, daß kein Spezialist erforderlich sein würde, um Jimmy und Doug Turner gesprächig zu machen.

Unsere bescheidenen Kenntnisse auf diesem Gebiet waren ausreichend.

»Ihr heißt also Turner«, stellte ich laut und vernehmlich fest. Die beiden schraken bei meinen Worten hoch, versuchten die Herkunft der Stimme zu ergründen, doch gegen das Lichtbündel kamen ihre Augen nicht an.

»Jimmy und Douglas Turner«, fuhr ich fort. »Wir vom FBI in New York haben einen Haftbefehl gegen euch. Dieser Haftbefehl lautet auf Beihilfe zum Mord. Euer Komplice Hank Bellini sitzt bereits in Hudson hinter Gittern. Ihr sitzt in der Tinte, Freunde! In unseren Ermittlungsakten haben wir mehr als ein Dutzend Zeugenaussagen, die den Mord in der Bronx beobachtet haben. Und alle diese Zeugen wären bereit, euch bei der Gegenüberstellung zu identifizieren.«

»Vielleicht könnt ihr euch nicht vorstellen, was euch in New York blüht«, hakte Phil ein, als ich pausierte. Beim Klang der neuen Stimme ruckten die Köpfe der Turners verwirrt herum. »Schon in wenigen Stunden werdet ihr nämlich Hank Bellini Gesellschaft leisten. Im Untersuchungefängnis, versteht ihr? Dies hier ist nur das erste Verhör. Ihr werdet noch eine ganze Reihe solcher Gespräche über euch ergehen lassen müssen. Und je weniger ihr dabei redet, desto unangenehmer wird es für euch. Allein die Indizien reichen aus, um euch für mehrere Jahre hinter Gitter zu bringen. Selbst die freundlichsten Geschworenen werden euch da nicht helfen können. Ihr habt allerdings von vornherein die Chance, eure Lage zu verbessern, indem ihr auspackt. Das macht auf alle Beteiligten einen guten Eindruck und ihr könnt dadurch nur gewinnen. Zu verlieren habt ihr nichts mehr.«

»Seid vernünftig, Jungs«, mahnte Sheriff Jackson väterlich. »Ihr habt euch eure Lage selbst eingebrockt. Daran ist nun mal nichts zu rütteln. Aber eure Lage ist doch nicht hoffnungslos. Schließlich habt ihr den Mann in New York nicht umgebracht. Hank Bellini war es. Das wißt ihr genau. Und ihr könnt wesentlich zur Klärung des Falls beitragen, wenn ihr den Mund aufmacht.«

Doug Turner klappte plötzlich den Mund auf. Seine Augen funkelten angestrengt ins Licht. »Wir verpfeifen Hank nicht!« schrie er los. »Ihr glaubt doch wohl nicht im Ernst, daß wir 'nen Kumpel reinreißen. Niemals! Das könnt ihr mit uns nicht machen!«

Jimmy Turner sah seinen Bruder beifällig von der Seite an. Er unterließ es jedoch, einen Kommentar dazu abzugeben.

»Ihr habt es nicht kapiert, Freunde«, setzte ich das Kreuzfeuer fort. »Euer Kumpel Hank Bellini ist so oder so geliefert. Ob ihr nun was sagt oder nicht. Die Beweise, die wir gegen ihn haben, reichen aus, um ihn lebenslänglich aus dem Verkehr zu ziehen. Jetzt geht es nur noch um euch. Einzig und allein darum, ob ihr bereit seid, euch in ein besseres Licht zu rücken. So weit klar?«

»Blödsinn!« heulte Jimmy Turner verzweifelt. »Ihr wollt uns reinlegen, ihr verdammten Bullen. Kein Wort kriegt ihr aus uns raus. Bringt uns doch nach New York, zum Teufel! Verhört uns doch pausenlos! Ihr werdet schon sehen, was ihr davon habt!«

»Reiß dich zusammen, Jimmy!« knurrte Jackson ärgerlich. »Vergiß nicht, in welcher Lage ihr euch befindet. Ihr habt wahrhaftig keinen Grund, euch aufzuspielen. Die G-men haben völlig recht. Keiner von uns hat die Absicht euch hereinzulegen. Wenn ihr das glaubt, seid ihr auf dem falschen Dampfer!«

Die beiden starrten trotzig zu Boden. Sie markierten die Beleidigten. Trotzdem war ihnen anzusehen, daß sie sich in die Enge getrieben fühlten.

»Euer Freund Mortimer Berwyn kann auch nicht mehr helfen«, setzte Phil nach. »Er ist genauso fertig wie ihr. Nur mit dem einzigen kleinen Unterschied, daß er noch auf freiem Fuß ist. Aber er macht es nicht mehr lange, verlaßt euch darauf. Sein Maß ist übervoll.«

»Mort kriegt ihr nie!« trumpfte Doug auf. »Dazu ist er viel zu gerissen. Der macht euch fertig!«

»Dazu wird er kaum noch in der Lage sein«, konterte ich. Dann schoß ich einen Bluff ab. »Mit seinen Verletzungen macht er es vielleicht noch ein paar Stunden. Wenn er dann keinen Arzt kriegt, ist er am Ende. Oder sollte ich mich etwa täuschen?«

Die beiden starrten mit offenem Mund in die Lampe.

»Ihr wißt vermutlich nicht, daß Mort versucht hat, mich umzulegen«, fuhr ich in ihrem Jargon fort. »Das hat er euch wohl nicht erzählt, der große Mortimer Berwyn, wie? Dann hat er euch nämlich auch verschwiegen, daß er bei seinem Versuch den kürzeren gezogen hat und mit seinem Jaguar durch die Luft geflogen ist. Da habt ihr euren gerissenen Mortimer Berwyn! So gerissen ist der, daß er sich von einem simplen FBI-Bullen aufs Kreuz legen läßt!«

Meine Worte zündeten. Sie schluckten krampfhaft. Lange konnte es nicht mehr dauern. Ich erkannte, daß sie nicht den Grips hatten, um gegen unsere massierten Argumente anzukommen. Außerdem waren unsere Argumente wirklich die besseren. Wir machten den beiden nichts vor. Es war unsere ehrliche Überzeugung, was wir sagten. Und der einzige Hintergedanke, den wir dabei hatten, war mehr Trümpfe gegen Mortimer Berwyn in die Hand zu bekommen.

»Warum hat er euch losgeschickt?« schoß Phil seine erste Frage ab. »Um Randy Berwyn aufzustöbern? Wahrscheinlich solltet ihr euch deshalb an die Villa heranpirschen, stimmt's? Los heraus damit. Ihr könnt uns nicht weismachen, daß ihr an der Abzweigung zur Villa angehalten habt, um Blumen zu pflücken.«

Sie schwiegen noch immer.

»Menschenskinder!« rief ich ungehalten. »Merkt ihr denn nicht, daß euer hochverehrter Mortimer Berwyn euch nur als Handlanger benutzt hat. Ihr konntet die Dreckarbeit für ihn erledigen, so war es doch! Und jetzt, wo ihr am Ende seid, wird er keinen Finger für euch krumm machen. Weil er es gar nicht mehr kann. Überlegt euch das mal!«

Doug Turner begann unruhig auf seinem Stuhl hin und her zu rutschen. »Ja, also . . .« begann er zögernd, stockte aber im gleichen Moment. »Eine Frage!« fuhr es plötzlich aus ihm heraus. »Wenn wir 'ne Aussage machen, werden wir dann, äh, Kronzeugen oder wie man das nennt?«

»Das werdet ihr«, versicherte ich. »Und ihr fahrt gut dabei.« Doug Turner sah seinen Bruder an.

Jimmy senkte den Kopf. »Die haben uns, Doug«, murmelte er, »da ist nichts mehr zu machen.«

Doug gab sich einen Ruck. Er starrte in die Richtung, in der er uns vermutete. »Okay. Macht die verdammte Lampe aus und bestellt jemanden zum Schreiben. Ich werde aussagen.«

Wir atmeten auf, ließen jedoch nichts davon hören. Sheriff Jackson schaltete die Deckenbeleuchtung wieder ein. Ich knipste den Scheinwerfer aus.

»Das Protokoll werden wir bei nächster Gelegenheit aufnehmen«, sagte ich, »zunächst geht es uns nur um ein paar Fragen, die vordringlich sind. Einverstanden?«

»Meinetwegen«, brummte Doug Turner. »Schießt endlich los. Ich will's hinter mich bringen.«

»In Ordnung«, nickte ich. »Welchen Auftrag solltet ihr ausführen, als ihr vorhin mit dem Mercedes durch die Gegend kutschiert seid!«

»Das wißt ihr doch!« staunte Doug. »Randy aufstöbern. Mort wollte wissen, wo sie steckt. Und anschließend sollten wir den Doc zu ihm auf die Jacht schikken.«

»Wie schwer sind seine Verletzungen?« wollte Phil wissen.

Jimmy Turner meldete sich zu Wort. »Ich hatte früher auch mal 'ne Gehirnerschütterung. Daher weiß ich es. Bei Mort ist es genau das gleiche. Außerdem hat er 'ne schlimme Schnittwunde in der Schulter und überall Schrammen und blaue Flecken.«

Meine Vermutung hatte sich also bestätigt. Ich hakte bei meinem Thema wieder ein. »Ihr solltet Randy aufstöbern. Das bedeutet also, daß Mortimer Berwyn wußte, was in der Fabrik wirklich passiert ist. Daß nämlich die Falsche ermordet worden ist.« Ich ließ mir die Spannung, mit der ich auf die Antwort wartete, nicht anmerken.

Doug Turner räusperte sich trocken. »Tja . . .«, meinte er gedehnt, »hab' mir gedacht, daß ihr auf die Geschichte rauswollt. Aber wenn wir als Kronzeugen anerkannt werden . . .«

»Deswegen braucht ihr euch keine Sorgen zu machen«, beruhigte ich ihn noch einmal.

»Okay«, nickte Doug, »Hank kriegt sowieso lebenslänglich. Das wissen wir jetzt auch. Und zweimal lebenslänglich können sie ihm wohl nicht verpassen. Er hat nämlich die Kleine in der Fabrik umgelegt. Er ist der einzige, der noch nicht weiß, daß er die Verkehrte erwischt hat.«

Es war heraus. Wir brauchten Sekunden, um es zu verdauen. Den Turner-Brüdern schien unser Erstaunen zu gefallen.

»Und seit wann wißt ihr es?« fragte ich leise.

»Betriebsgeheimnis«, grinste Doug, »wir haben auch unsere Beziehungen. Aber das dürfte wohl nebensächlich sein, wie wir es rausgekriegt haben, oder?«

Ich nickte. »Mortimer Berwyn hat also anfangs geglaubt, daß seine Schwester tatsächlich tot war? Und er war es, der Hank Bellini den Auftrag für den Mord erteilt hatte?«

»Stimmt genau, was Sie sagen, Mr. G-man«, pflichtete mir Doug Turner bei.

Wir hatten genug erfahren. Es reichte. Ich verspürte ein unangenehmes Gefühl in der Magengegend. Bei dem Gedanken an Mortimer Berwyn kroch die Wut in mir hoch. Ich konnte sie nur mühsam bekämpfen.

»Wann solltet ihr zurück sein?« wandte sich Phil an die Turner-Brüder.

»Wir hatten zwei Stunden Zeit«, antwortete Jimmy. »Den Arzt sollten wir mitbringen.«

»Ich fürchte, er wird mit dem Gefängnisarzt vorliebnehmen müssen«, meinte ich und stand auf. Wir durften keine Zeit mehr verlieren.

»Einen Moment noch«, meldete sich Sheriff Jackson zu Wort. »Die Sache mit Sue Manors und ihrem Freund geht auch auf euer Konto, wenn ich mich nicht irre.«

»Sie irren sich nicht, Sheriff«, grinste Doug Turner, »und das tut uns nicht mal leid. Die Kleine war nämlich verdammt nicht übel.«

Wir ließen die beiden abführen. Anschließend telefonierte ich mit Mr. High und unterrichtete ihn über unsere Fortschritte. Der Chef war der Ansicht, daß Jimmy und Doug Turner ebenfalls nach New York gebracht werden mußten. Vor einer endgültigen Entscheidung wollte er jedoch noch mit dem Attorney reden, weil die beiden schließlich auch ein Strafverfahren zu erwarten hatten, das in den Zuständigkeitsbereich des Bundesstaates Pennsylvania fiel.

Sheriff Jackson zeigte uns, daß es auch in einer Kleinstadt wie Fairview durchaus möglich war, einen Großeinsatz auf die Beine zu stellen.

Ich klemmte mich selbst ans Telefon, als wir die Verbindung mit den Kollegen von der State Police in Erie hatten. Es war kein Problem.

Das Ufergelände nördlich und südlich von Fairview wurde durch alle verfügbaren Einsatzfahrzeuge der Polizei abgeriegelt.

Und für den Wasserweg stand uns in Erie ein schwerer Polizeikreuzer zur Verfügung, der mit zwei 600-PS-Maschinen unschlagbar war. Der prachtvolle Kahn, so versprach mir der Kollege, würde im Hafen von Erie auf uns warten.

Fünf Minuten später saßen Phil und ich bereits in unserem Toronado. Sheriff Jackson hatte alle Hände voll damit zu tun, südwestlich von Fairview für die Absperrung zu sorgen.

Die Motorjacht lag wie ein Brett im leicht gekräuselten Wasser des Lake Erie. Sechs Mann hatten sich an Deck versammelt und starrten schweigend zum Ufer hinüber. Tom Griffin, Bud Elliot, Luke Milton, Clancy Hayes, Mick Hampton und Andy Simms.

Mortimer Berwyn hing stöhnend auf den Polstern der Ledercouch. Keiner von den anderen traute sich zu ihm in die Kajüte.

Berwyn preßte eine Serie von Flüchen hervor. Die Schmerzen trieben ihn fast zur Raserei, als er versuchte, sich aufzurichten. Unter qualvollen Anstrengungen schaffte er es dennoch. Sein Oberkörper schwankte. Mit beiden Händen mußte er sich an der Tischkante abstützen, um nicht umzufallen.

Unter Aufbietung aller Willensreserven, die noch in ihm waren, gelang es ihm, die hämmernden Schmerzen im Kopf zu unterdrücken. Eine falsche Eingebung ließ ihn glauben, daß sein Kopf klarer wurde.

Ruckartig sah er sich um. »Wo, zum Teufel, steckt ihr?« schrie er wutentbrannt. Mit unsicheren Schritten stolperte er zur Tür und wankte die drei Stufen hinauf ins Freie.

Die anderen drehten sich verlegen um, als sie ihn auftauchen hörten. Keiner wagte es, Mortimer Berwyn in die Augen zu sehen.

»Wo bleiben Jimmy und Doug?« knurrte Berwyn ärgerlich. »Die beiden müßten doch längst zurück sein, oder bin ich komplett verrückt?«

Tom Griffin bequemte sich zu einer Antwort. »Die zwei Stunden sind allerdings um,« murmelte er. »Sie hätten schon vor 'ner halben Stunde eintreffen müssen. Aber vielleicht sind sie aufgehalten worden.«

»Aufgehalten worden!« äffte ihn Mortimer Berwyn nach. »Unmöglich. Die Burschen haben nicht gespurt. Zu dämlich, um den einfachsten Job zu erledigen. Ohne Hank Bellini bringen sie nichts zustande. Und ich Idiot hab' die beiden losgeschickt. Vielleicht sind sie längst von den Bullen kassiert worden.«

»Bestimmt nicht«, wagte Griffin einen zaghaften Einwand, »so schnell lassen sich Jimmy und Doug nun auch nicht erwischen.«

»Quatsch nicht«, knurrte Berwyn gereizt. Sein Gesicht war schmerzverzerrt. Er mußte sich am Türrahmen der Kajüte festhalten. »Wir werden selbst nach dem Rechten sehen. Holt den Anker hoch und macht den Kahn klar! Tom, du übernimmst das Ruder. Ich komme mit rauf.«

Niemand wagte einen Widerspruch. Wortlos machten sich Berwyns Komplicen daran, seine Anordnungen auszuführen. Griffin half ihm in den Kommandostand, zu dem vom Achterdeck aus eine schmale Stahlleiter hinaufführte.

Zwei gepolsterte Sitze standen in der rundum verglasten Kanzel zur Verfügung. Mortimer Berwyn ließ sich neben dem Ruder nieder. Tom Griffin übernahm den Platz des Steuermanns. Routiniert betätigte er die Hebel und Knöpfe am Armaturenbrett.

Tief unten im Rumpf der Jacht brummte die 300-PS-Maschine auf. Der Schiffskörper erbebte unter der verhaltenen Kraft, die darauf wartete, gefordert zu werden.

»Ab die Post!« bestimmte Mortimer Berwyn stöhnend. »Kurs Nordost. Volle Fahrt!«

Tom Griffin sah ihn sekundenlang erstaunt an, gehorchte jedoch. Er wußte genau, was die Kursangabe bedeutete. Wenn sie nach Nordosten steuerten, kamen sie geradewegs auf die Villa der Berwyns zu. Er ist nicht mehr ganz richtig im Kopf, dachte Griffin, doch er hütete sich, es auch nur andeutungsweise auszusprechen. Mortimer Berwyn war selbst in seiner jetzigen Verfassung noch gefährlich.

Mit tiefliegendem Heck und schräg aufragendem Bug pflügte sich die Jacht rasend schnell durch die Fluten. Zurück blieb die schäumende Spur einer breiten

Hecksee, in der sich vereinzelt erwartungsvolle Möwen niederließen, jedoch nach kurzem Warten einsahen, daß sie keinen Touristendampfer erwischt hatten, von dem hin und wieder Leckerbissen abfielen.

Innerhalb von knapp zwanzig Minuten kam die Silhouette der Villa in Sicht. Zwischen den Baumkronen und den dichten Buschgruppen des parkähnlichen Gartengeländes waren die Umrisse des klotzigen Gebäudes zu erkennen.

»Fahrt verringern«, kommandierte Mortimer Berwyn, »halbe Kraft.« Schwerfällig nahm er das Fernglas zur Hand und spähte zum Ufer hinüber. Er konnte nichts Außergewöhnliches erkennen. Tom Griffin sah ihn abwartend von der Seite an.

»Geh bis auf hundert Yard ans Ufer heran«, bestimmte Berwyn, »und dann stoppst du die Maschine. Ich muß sehen, was drüben los ist.«

Stirnrunzelnd gehorchte Griffin auch diesmal. Zwar konnte er selbst mit bloßem Auge erkennen, daß sich bei der Villa allem Anschein nach nicht das geringste tat, aber er wußte, daß es zwecklos war, gegen Mortimers Entscheidungen anzureden.

Wie befohlen brachte er die Jacht bis auf die Distanz von hundert Yard zum Ufer. Dann stoppte er die Maschine und gab den anderen ein Zeichen, den Anker zu werfen.

Mortimer Berwyn hatte bereits wieder das Fernglas in der Hand. Angestrengt starrte er durch die Optik zur Villa, in deren Umgebung er jeden Quadratinch kannte.

Sein Blick erreichte den Vorplatz des Gebäudes. Im gleichen Moment zuckte er zusammen. Es war nicht zu übersehen. Das Schwarz-Weiß eines Streifenwagens leuchtete überdeutlich durch das Grün der Büsche.

»Verdammter Mist!« stieß er hervor. »Weiß der Teufel, was das zu bedeuten hat!«

»Was ist los?« erkundigte sich Tom Griffin vorsichtig.

Mortimer reichte ihm wortlos das Fernglas. »Sieh dir die Bescherung selbst an.«

Erstaunt nahm Griffin das Glas und blickte hindurch. Im nächsten Moment wurde er blaß. »Teufel«, murmelte er, »was machen die Bullen dort drüben?«

»Sie müssen einen verdammt triftigen Grund dafür haben, daß sie bei meinem Alten aufkreuzen«, zischte Berwyn, »und diesen Grund muß ich herausbekommen. Wir müssen zwei von den Jungs rüberschicken.«

»Aber wir haben das Beiboot nicht mehr«, entfuhr es Griffin.

»Haben wir etwa Nichtschwimmer an Bord?« knurrte ihn Berwyn gereizt an.

»Nein, das nicht.« Griffin senkte den Kopf.

»Na also, Wen würdest du für geeignet halten, drüben die Lage zu peilen?«

Tom Griffin überlegte einen Moment. »Bud Elliot und Clancy Hayes«, entschied er dann.

»Okay, ruf sie her.«

Griffin richtete sich auf und brüllte die Namen der beiden über das Vorderdeck. Elliot und Hayes kamen im Laufschritt. Überwürfig blickten sie zu Mortimer Berwyn hinauf.

»Hört zu«, ächzte Berwyn. Er bemühte sich, seiner Stimme Festigkeit zu geben. »Drüben vor der Villa steht ein Streifenwagen. Vielleicht sind auch noch mehr da. Einer ist von hier aus jedenfalls nur zu erkennen. Ihr beiden schwimmt rüber und stellt fest, was die Bullen dort zu suchen haben. Weshalb sie dort aufgekreuzt sind, kapiert? Wenn ihr das habt, kommt ihr zurück. Ihr nehmt das Motorboot, das am Ufer liegt. Wenn ihr den

Außenborder nicht in Gang kriegt, rudert ihr. Wir brauchen den Kahn, weil Jimmy und Doug, diese Idioten, mit dem Beiboot nicht zurückgekommen sind. Habt ihr das mitgekriegt?«

Bud Elliot und Clancy Hayes nickten. »Du kannst dich auf uns verlassen, Mort«, erwiderte Elliot.

»Hoffentlich«, knurrte Berwyn, »dann seht zu, daß ihr rüberkommt!«

Die beiden verschwanden in der Kajüte und kamen Minuten später in Badehosen zurück. Zusätzlich hatten sie sich Gürtel umgeschnallt, in denen breite Jagdmesser steckten. Sie ließen sich über die Reling gleiten und tauchten fast geräuschlos im klarblauen Wasser unter.

Mortimer Berwyn verfolgte jede ihre Bewegungen mit dem Fernglas. Ihm kam es wie eine Ewigkeit vor, bis sie endlich die unmittelbare Ufernähe erreicht hatten. Von dem kleinen Bootssteeg aus konnten sie mühelos das Ufer erreichen und sich ein geeignetes Versteck suchen.

Berwyn sah wie die Köpfe von Elliot und Hayes unter dem Steg verharrten und wie sie sich dann neben dem Rumpf des kleinen Motorboots hochzogen. Erst Elliot, der sich geduckt vorwärts schlich und vorsichtig nach allen Seiten spähte. Dann Hayes, der in sicherem Abstand folgte.

»Machen ihre Sache gut, die Jungs«, stellte Mortimer Berwyn zufrieden fest.

Doch dann zuckte ein jäher Schmerz durch seinen Kopf. Er stöhnte gequält auf.

Vor dem hellen Hintergrund des Villenvorplatzes war es durch das Fernglas deutlich zu erkennen.

Aus der Deckung eines Busches schob sich plötzlich die Uniform eines der Deputys aus Fairview Bud Elliot in den Weg. Im gleichen Moment tauchte links von ihm ein zweiter Deputy auf. Beide hatten sie Revolver in den Händen.

Keine Chance für Elliot und Hayes. Zögernd streckten die beiden die Hände in die Luft.

Mortimer Berwyn beobachtete noch, wie sie abgeführt wurden. Dann ließ er das Fernglas sinken.

»Aus«, murmelte er tonlos. »Schluß, vorbei.«

Tom Griffin wsgte es nicht, eine Frage zu stellen. Er sah Mortimer Berwyn nur fassungslos an. Es war das erste Mal, daß er seinen Boß völlig ratlos, völlig fertig erlebte.

Langsam drehte Mort Berwyn den Kopf zur Seite. »Wir müssen weg, Tom. Sie bewachen die Villa. Du weißt, was das bedeutet. Wir können es nicht mehr schaffen. Es ist zu spät. Wir haben unsere Chance verpaßt.«

»Aber . . . wo wollen wir den hin? Ich meine, der See ist zwar groß, aber ewig können wir uns doch auch nicht verstecken.«

»Es gibt nur eine Möglichkeit, Tom!« Mortimer Berwyns Flüstern war kaum zu verstehen. »Wir müssen über die Grenze.«

Die Nachricht erreichte uns per Funk, als wir bereits mit dem Polizeikreuzer ›Buffalo‹ in See gestochen waren. Der Funker eilte mit dem Zettel zu uns auf die Kommandobrücke.

»Von der Zentrale aus Erie«, teilte er uns mit, »eine Nachricht vom Sheriff aus Fairview.«

Ich bedankte mich, überflog den Text und reichte das Blatt Papier an Phil weiter.

Jacksons Deputys hatten zwei von Berwyns Komplicen festgenommen, als sie vom Ufer her zur Villa vordringen wollten. Das war nach meinem Geschmack zwar nicht sehr geschickt gewesen, aber es ließ sich nicht mehr ändern. Wir wußten jedenfalls, daß die Motorjacht Mortimer Berwyns nach den Beobachtungen der Deputys mit etwa nördlichem Kurs das Weite gesucht hatte.

Der Kommandant des Polizeikreuzers hatte den Dienstgrad eines Lieutenants. Er hieß Anderson. Gemeinsam erörterten wir die Funknachricht.

»Unser Navigator kann das Gebiet einengen, in dem wir nach der Jacht suchen müssen«, meinte Lieutnant Anderson, »wenn es stimmt, daß die Burschen Nordkurs aufgenommen haben, können wir ihren jeweiligen Standort sogar ziemlich genau lokalisieren. Wir haben die technischen Daten der Jacht und können danach errechnen, welche maximale Geschwindigkeit sie erreicht.«

»Tun Sie das«, nickte ich.

»Besteht die Gefahr, daß sie vor uns die Grenze nach Kanada erreichen?« erkundigte sich Phil besorgt.

Anderson lächelte. »Keine Angst, Gentlemen. Bis dahin haben sie noch fast zwanzig Seemeilen zurückzulegen. Und gegen die Leistungen unseres Schiffes ist auf dem Erie bislang noch kein Kraut gewachsen. Ich werde natürlich trotzdem vorsorglich die Kollegen von der kanadischen Wasserschutzpolizei per Funk verständigen.«

Er ließ uns allein, um seinen Navigator und dem Funker nähere Anweisungen zu geben. Neben uns starrte der Mann am Ruder, ein Sergeant, durch die Scheiben des Kommandostands auf den See hinaus.

Jeder von uns hatte ein Fernglas zur Verfügung. Doch bislang war von einer Motorjacht nichts zu sehen. Nach der Entfernung, die wir bisher zurückgelegt hatten, konnte ich mir vorstellen, daß wir noch weit von Mortimer Berwyns augenblicklicher Position entfernt waren.

Am Horizont begannen graue Wolken den azurblauen Himmel zu trüben. Innerlich war ich völlig ruhig. Die Entscheidung stand unmittelbar bevor, das ahnte ich. Und ich war froh, daß diese Entscheidung bald gefallen sein würde. Es war beileibe kein Rachegefühl, das ich gegen Mortimer Berwyn hegte. Aber es war das Unbegreifliche, das sich mit dem Gedanken an einen Menschen verband, der es fertiggebrcht hatte, kaltblütig den Auftrag zur Ermordung seiner eigenen Schwester zu geben.

Oder Stiefschwester, das spielte in diesem Moment keine Rolle mehr.

Lieutenant Anderson kam zurück. »Wenn die Kursangabe stimmt, und wenn die Burschen diesen Kurs eingehalten haben, dann müßten wir sie in wenigen Minuten auf dem Radarschirm haben.«

»Und dann können sie uns nicht mehr entwischen«, folgerte ich.

»So kann man es ausdrücken«, lächelte Anderson. »Ich sage Ihnen Bescheid, sobald ich Näheres weiß.« Er zog sich wieder in den Nebenraum zu seinem Navigator zurück.

Es dauerte keine fünf Minuten, bis der Lieutenant erneut auftauchte. Schon an seinem Gesichtsausdruck sahen wir, daß es soweit war.

»Wir haben ihn auf dem Schirm«, erklärte er, »Entfernung etwa vier Seemeilen. Bereiten Sie sich auf die Begegnung vor, Gentlemen.« Dann gab er seine Kommandos.

Im nächsten Moment begannen die Planken unter unseren Füßen zu vibrieren. Ich kannte die Leistung solcher Polizeikreuzer von früheren Einsätzen. Doch die geballte Kraft, die in einem Schiff dieser Klasse steckt, ist jedesmal von neuem ein Erlebnis.

Dröhnend jagte der Polizeikreuzer ›Buffalo‹ über die glatte Wasserfläche. Wir hielten unsere Ferngläser bereit. Noch waren wir nicht sicher, ob wir Mortimer Berwyn erwischen würden. Doch für Lieutenant Anderson stand es bereits unumwunden fest. Er baute auf die Leistung seines Schiffes. Doch wir konnten uns nicht vorstellen, daß es ohne Schwierigkeiten möglich sein würde, den jungen Berwyn festzunehmen.

Gewiß, außer uns war eine fünfköpfige Crew an Bord, die zum Teil mit Maschinenpistolen und Schnellfeuergewehren ausgerüstet war. Aber wir konnten die Jacht und alles, was sich an Bord befand, nicht sinnlos zusammenschießen. Wenn auch nur die kleinste Möglichkeit bestand, unser Vorhaben ohne Blutvergießen abzuwickeln, dann mußten wir diese Möglichkeit nutzen.

Lieutenant Anderson war es, der unser Ziel als erster entdeckte. Er senkte sein Glas und deutete mit ausgestrecktem Zeigefinger über den Bug hinaus. »Eine Handbreit links von der Bugspitze«, empfahl er, »wenn Sie diese Richtung verfolgen, haben Sie die Jacht im Visier.«

Wir taten es und sahen einen winzigen weißen Punkt am Horizont. Der Punkt wurde jedoch zusehends größer. Ich erkannte daran, welch enorme Geschwindigkeit unser Polizeikreuzer lief.

»Woher wollen Sie wissen, daß es die Jacht ist, die wir suchen?« fragte ich den Lieutenant.

»Als Fachmann hat man einen Blick dafür«, meinte er ohne Übertreibung. »Außerdem stimmt die von uns errechnete Position haargenau.«

Dagegen war nichts zu sagen. Wir beobachteten mit

wachsender Spannung, wie der weiße Fleck am Horizont wuchs und nach wenigen Minuten tatsächlich die Form eines Schiffsrumpfes annahm. Bereits jetzt waren undeutlich die Aufbauten zu erkennen.

»Wie weit ist es noch bis zur kanadischen Grenze?« wandte sich Phil an den Lieutenant.

»Keine Sorge«, lachte Anderson leise, »Ihr Freund Mortimer Berwyn müßte noch runde acht Seemeilen zurücklegen, um sie zu erreichen.«

»Also keine Chance für ihn«, stellte Phil fest.

»Keine«, versicherte der Lieutenant.

Hatte Mortimer Berwyn wirklich keine Chance. Ich wußte nicht, woher meine Zweifel rührten, aber sie hatten sich in mir festgefressen. Wie verhält sich jemand, der durch schwere Verletzungen gehandikapt ist und sich außerdem in die Enge getrieben fühlt? Reagiert jemand in dieser Lage noch nach den Maßstäben der Vernunft? Ich konnte mir gut vorstellen, in welcher Stimmung sich Mortimer Berwyn befand.

Sicher hatte er versucht, an die Villa heranzukommen. Er hatte geahnt, daß Douglas und Jimmy Turner ihren Auftrag nicht ausgeführt hatten. Trotz seiner hoffnungslosen Lage hatte Mortimer Berwyn den Versuch unternommen, Randy aufzuspüren. Und dabei hatte er feststellen müssen, daß es keine Chance mehr für ihn gab.

Mortimer Berwyn hatte aufgegeben. Das stand für mich fest. Ebenso, wie es feststand, daß er sein Heil in der Flucht nach Kanada suchte. Bei vernünftiger Überlegung hätte er sich sagen müssen, daß er nicht weit kommen konnte.

Wieder würde es eine Verfolgungsjagd geben. Mortimer Berwyn mußte dabei an den mißglückten Coup denken, den er mit seinem Jaguar unternommen hatte.

Nur mit dem Unterschied, daß diesmal die Rollen vertauscht waren.

»Er wird sich nicht widerstandslos ergeben«, sagte Phil und sprach damit genau das aus, was ich in diesem Augenblick dachte.

Immer deutlicher konnten wir die Motorjacht vor uns erkennen.

»Sie haben uns bemerkt«, erklärte Lieutenant Anderson plötzlich, ohne das Fernglas von den Augen zu nehmen.

Ich blickte durch die Optik und stellte fest, daß er recht hatte. Die Hecksee der Jacht schäumte höher als bisher. Dann legte sich die ›Randy Berwyn‹ in einen leichten Bogen nach Backbord und jagte mit erhöhter Geschwindigkeit davon.

Trotzdem holten wir zusehends auf. Lieutenant Anderson gab ein neues Kommando, und im nächsten Moment ging ein Ruck durch den Schiffskörper. Wir verloren fast das Gleichgewicht, als der Polizeikreuzer noch schneller vorwärts schoß. Das Dröhnen der Maschinen nahm an Lautstärke zu. Verglichen mit unserer rasenden Geschwindigkeit schien es, als ob die Jacht im Schneckentempo dahinkroch.

Im Handumdrehen hatten wir die ›Randy Berwyn‹ erreicht. Einen Steinwurf weit entfernt hielt sich die ›Buffalo‹ mit verringerter Geschwindigkeit auf gleicher Höhe an der Backbordseite der Jacht.

Wie gebannt blickten wir hinüber. Niemand war an Deck zu sehen. Undeutlich erkannte ich die Köpfe zweier Männer im Kommandostand. Ich glaubte zu sehen, daß einer der beiden einen Verband um die Stirn trug. Wenn ich mich nicht täuschte, war es Mortimer Berwyn.

Die Jacht hielt ihre Geschwindigkeit.

Lieutenant Anderson zog ein Mikrofon aus einer Halterung in der Wandvertäfelung hinter uns und reichte es mir. »Der Lautsprecher ist eingeschaltet, Mr. Cotton. Wenn Sie wollen, können Sie den Burschen gleich eine nette Aufforderung hinüberschicken. Vorher werden wir ihnen ein paar Warnschüsse vor den Bug setzen.«

Ich nickte stumm und nahm das Mikrofon in die Hand. Etwas schnürte mir die Kehle zu. Ich versetzte mich in die Lage von Mortimer Berwyn. Ich versuchte es jedenfalls. War es Mitleid, das ich für ihn empfand? Trotz allem?

Fast glaubte ich, sein von panischer Angst verzerrtes Gesicht drüben zu erkennen. Aber ich wußte, daß es nur Einbildung war.

Lieutenant Anderson stieg aus dem Kommandostand herunter auf das Vorderdeck. Wenig später tauchte einer seiner Beamten auf. Er hatte eine schußbereite Maschinenpistole im Anschlag und hockte sich damit hinter die hüfthohe Reling.

Das hämmernde Stakkato zweier kurzer Feuerstöße hallte über die Wasserfläche. Dann war es still. Nur noch das Dröhnen der Motoren.

Ich hielt das Mikrofon an die Lippen.

»Geben Sie auf!« hörte ich meine zehnfach verstärkte Stimme. »Jeder Widerstand ist zwecklos! Stoppen Sie Ihre Fahrt, und kommen Sie mit erhobenen Händen an Deck!« Ich legte eine Pause ein und wartete auf eine Reaktion. Was mußte in diesem Moment in Berwyns Kopf vor sich gehen? Er mußte sich doch sagen, daß er beim besten Willen nicht mehr die geringste Chance hatte.

Keine Reaktion. Die Jacht zog auf ihrem Kurs dahin, als sei sie allein auf weiter Flur.

Lieutenant Anderson gab mir von unten ein Handzeichen. Ich verstand.

Zum zweitenmal ratterte die Maschinenpistole los. Diesmal lagen die Schüsse dichter vor dem Bug der Jacht. Ich sah, wie zwei oder drei Projektile in den Bug fetzten und kreisrunde Löcher hineinschlugen.

»Seien Sie endlich vernünftig, Berwyn!« rief ich in das Mikrofon und zuckte bei der erhöhten Lautstärke meiner eigenen Stimme unwillkürlich zusammen! »Es hat keinen Sinn mehr, Widerstand zu leisten! Bringen Sie sich und Ihre Begleiter nicht unnötig in Gefahr! Geben Sie auf!«

Wieder keine Reaktion. Wir warteten vergeblich darauf.

Lieutenant Anderson ließ die dritte Serie von Warnschüssen abfeuern.

Erneut setzte ich mein Mikrofon in Betrieb. »Dies ist die letzte Warnung!« schickte ich meinen Lautsprecherspruch hinüber. »Wir geben Ihnen zwei Minuten Zeit. Wenn Sie sich bis dahin nicht ergeben, werden wir Sie gewaltsam stoppen!« Schluß der Durchsage. Es war alles gesagt. Wenn sie jetzt nicht reagierten, konnten wir ihnen nicht mehr helfen.

Plötzlich glaubte ich drüben im Kommandostand eine Bewegung zu erkennen. Ich legte das Mikrofon weg und nahm das Fernglas an die Augen. Phil tat es mir nach.

Jetzt sah ich es ganz deutlich. Ein Handgemenge. Die Jacht begann unkontrolliert zu schlingern.

»Ich möchte wissen, was da herausbrät«, wunderte sich Phil kopfschüttelnd.

Eine furchtbare Ahnung machte sich in mir breit. Doch bevor ich auch nur ein Wort hervorbringen konnte, geschah es.

Die Jacht legte sich blitzartig in eine waghalsige Kurve und schoß mit dem Bug auf unsere Steuerbord-Breitseite zu. Im Unterbewußtsein bemerkte ich, daß drüben nur noch der Kopf mit dem weißleuchtenden Verband zu sehen war.

»Festhalten!« schrie der Sergeant neben uns am Ruder.

Dennoch geritten wir ins Taumeln, als er den Polizeikreuzer auf die Seite legte und mit einem raschen Manöver versuchte, dem unverhofften Angriff zu entgehen.

Unten hämmerte die Maschinenpistole los.

Völlig sinnlos, dachte ich, damit haltet ihr Mortimer Berwyn nicht mehr auf. Phil und ich gingen langgestreckt zu Boden. Durch die plötzliche Seitwärtsbewegung der ›Buffalo‹ konnten wir uns nicht mehr auf den Beinen halten.

Als wir uns wieder aufrappelten, bekamen wir die letzten Sekundenbruchteile vor dem Zusammenprall mit.

Der Polizeikreuzer hatte zwar den Vorteil, unglaublich schnell zu ein, aber die Jacht war dafür wesentlich kleiner und wendiger. Der Bug der ›Randy Berwyn‹ jagte jetzt auf das stählerne Heck unseres Schiffes zu. Es gelang dem Sergeanten nicht mehr, die ›Buffalo‹ aus dem Gefahrenbereich zu bringen. Unwillkürlich schloß ich die Augen. Wir hielten uns fest.

Das Krachen ging durch Mark und Bein. Wie von einer Riesenfaust gepackt, schwankte der Polizeikreuzer. Dann schoß er von neuem vorwärts, ungehindert. Die ›Buffalo‹ beruhigte sich. Das Dröhnen der Maschinen ebbte schlagartig ab.

Atemlos kletterten wir hinunter auf Deck. Lieutenant Anderson hatte sich an der Reling festgeklammert.

Auch die übrigen Beamten starrten fassungslos zu der Jacht hinüber.

Ich sah noch das gähnende Leck, das riesengroß im zerborstenen Bug der weißen Motorjacht klaffte. Immer noch drehte die Maschine auf voller Fahrt. An Deck waren schreiende Gestalten zu erkennen, die kurzerhand über Bord hechteten, um sich in Sicherheit zu bringen.

Plötzlich neigte sich der weiße Schiffsrumpf nach vorn. Hinten tauchten die beiden Schrauben auf und peitschten in die Luft. Die Vorwärtsbewegung der Jacht verebbte. Bewegungslos hing der leckgeschlagene Schiffskörper wie ein waidwundes Tier im Wasser.

»Wir haben nur eine Beule« flüsterte Lieutenant Anderson, »wie konnten diese Burschen zu einem derartigen Wahnsinn fähig sein?«

Ich antwortete nicht. Wie gebannt starrte ich zu der Jacht hinüber. Mein Entschluß kam von einem Sekundenbruchteil auf den anderen. Blitzartig streifte ich mein Jackett ab und legte auch die Halfter mit dem Dienstrevolver auf die Decksplanken. Bevor mich jemand hindern konnte, nahm ich Anlauf und hechtete über die Reling.

Das Wasser war lauwarm. Prustend kam ich hoch und orientierte mich kurz. Dann begann ich mit zügigen Schwimmstößen auf das Wrack zuzuschwimmen.

»Kommen Sie zurück, Cotton!« brüllte Anderson hinter mir her. Ich achtete nicht darauf. Unterwegs begegneten mir die Komplicen Mortimer Berwyns, die panikartig zum Polizeikreuzer flohen. Entsetzen stand in ihren Augen. Ich zählte fünf.

Das Wrack schien sich um keinen Inch zu bewegen. Doch ich wußte, daß dieser Eindruck täuschte. Es konnte sein, daß die Jacht innerhalb von wenigen

Sekunden absackte. Ich war zwar kein Fachmann wie Lieutenant Anderson, aber ich hatte eine ungefähre Vorstellung davon.

Ich erreichte den zerstörten Schiffsrumpf und bekam ein Stück der verchromten Reling zu fassen. Unter Aufbietung aller Kräfte zog ich mich hoch. Der Neigungswinkel betrug etwa fünfundvierzig Grad. Es war eine mordsmäßige Anstrengung, bis zum Kommandostand hinaufzukommen. Meine nasse Kleidung behinderte mich zusätzlich.

Trotzdem schaffte ich es. Mit einer letzten Anstrengung zog ich mich zu dem rundum verglasten Kommandostand hoch.

Mein Herz setzte für einen Schlag aus.

Mortimer Berwyn starrte mich aus geröteten Augen an. Er schluchzte hemmungslos. Sein Gesicht war in wildem Schmerz verzerrt. Ich wußte, daß es nicht nur körperlicher Schmerz war.

»Geh weg, verdammter Bulle!« heulte er, »geh weg!« Er hing verkrümmt zwischen Armaturenbrett und Sitz. Allem Anschein nach konnte er sich nicht mehr bewegen. Vermutlich war er eingeklemmt.

»Seien Sie ruhig, Berwyn«, sagte ich, »es ist alles vorbei. Sie brauchen sich nicht mehr aufzuregen. Ich werde Sie jetzt in Sicherheit bringen.«

»Sicherheit!« heulte er auf. »Sicherheit nennt ihr das! Ihr wollt mich ins Gefängnis bringen!«

»So kann man es auch nennen«, sagte ich hart. Erst in diesem Moment entdeckte ich den zweiten Körper, der nahezu vollständig von Mortimer Berwyn verdeckt wurde.

Ich zog Berwyn hoch und spürte im gleichen Moment eine glühende Faust im Magen. Es war ein dunkelhaariger Junge, der da unten im Kommandostand der Jacht lag. Direkt unter dem Steuerruder. Er starrte mir aus gebrochenen Augen entgegen.

In seiner Brust stak ein Messer. Seine Jacke hatte sich blutigrot gefärbt.

»Jerry!« hörte ich Phils Stimme hinter mir. Ich erwachte.

Mein Freund war ebenfalls an die Jacht herangeschwommen. Er sah zu mir hoch. Ich gab ihm ein Handzeichen.

Dann packte ich Mortimer Berwyn, der nur noch vor Schmerzen wimmerte. Mir fehlten ganz einfach die Worte. Ich zerrte ihn über die Reling. Ich mußte höllisch aufpassen, daß ich dabei nicht abrutschte.

Phil war da und nahm den Jungen, der zum bösen Ende selbst noch zum Mörder geworden war, in Empfang.

Ich wollte zurück, mich um den Toten kümmern. Das Knarren, das plötzlich durch den Schiffsrumpf ging, ließ mich zusammenfahren. Ich blickte nach unten, wo die Decksplanken ins Wasser tauchten. Luftblasen stiegen hoch, immer mehr.

»Springen Sie, Cotton!« tönte in diesem Moment Andersons Stimme von drüben durch den Lautsprecher. »Springen Sie, so schnell Sie können. Die Jacht sinkt!«

Ich sah Phil, der mit Mortimer Berwyn im Schlepp bereits in sicherer Entfernung war. Dann dachte ich daran, daß man den Toten auch von Tauchern bergen lassen konnte, und sprang.

Ich hechtete weit über die Reling hinaus und tauchte weit genug weg ins Wasser.

Als ich wieder hochkam, war von der Jacht nur noch ein Rettungsring zu sehen, der über einem von Luftblasen durchsetzten Strudel schwamm.

Wie schnell sich in Fairview eine Sensation herumsprach, stellten wir von neuem fest, als der Polizeikreuzer ›Buffalo‹ im Hafen der Stadt festmachte.

Dichtgedrängt standen die Menschen auf dem Hafenvorplatz und harrten der Dinge, die sich mit unserem Erscheinen ankündigten. Zwischen ihnen entdeckte Phil unter anderen auch Craig, den Lokalredakteur der örtlichen Zeitung. Craig hatte einen Fotografen mitgebracht, der wie wild pausenlos den Auslöser betätigte.

Ein Krankenwagen und alle drei Streifwagen des Sheriffs waren vorgefahren. Mortimer Berwyn war bewußtlos. Er wurde mit Rotlicht und Sirene ins Städtische Krankenhaus gebracht. Seine Komplicen waren bereits auf dem Polizeikreuzer mit trockener Kleidung versorgt worden. Sie wurden ins Dienstgebäude des Sheriffs verfrachtet.

Als wir an Land gingen, stürzte sich Craig auf meinen Freund. »Hallo, Mr. Decker. Ich nehme doch an, daß Sie Zeit für ein kurzes Interview haben. Exklusiv natürlich! Wenn Sie wollen, nehme ich Sie und Ihren Kollegen in meinem Wagen mit. Machen Sie unseren Lesern die Freude, und sagen Sie ein paar Worte zu dem, was sich draußen auf dem See abgespielt hat. Hier in Fairview wären Ihnen alle sehr dankbar . . .«

Phil unterbrach ihn mit einer Handbewegung. Er deutete auf die Menschenansammlung. »Ihre Leser sind allesamt bereits informiert, Mr. Craig. Ganz Fairview ist auf den Beinen. Wozu wollen Sie sich dann die Mühe machen, alles noch einmal durchzukauen?«

Craig verschlug es die Sprache. Wir ließen ihn einfach stehen und zwängten uns zu Sheriff Jackson in den Streifenwagen, der gerade noch Platz für uns bot.

Wir begaben uns ins Hotel, packten unsere Koffer

und bezahlten die Rechnung. Unser Toronado stand noch in Erie, von wo aus wir mit dem Polizeikreuzer in See gegangen waren.

Andrew Jackson brachte uns persönlich zurück. Auf dem Weg statteten wir der Villa Berwyn noch einen Besuch ab. Genau wie alle anderen in Fairview, waren auch Hamish Berwyn und seine Familie bereits informiert.

»Ich werde als Zeugin aussagen«, versicherte uns Randy, bevor wir abfuhren.

Wir konnten es ihr nicht verdenken. Ihr am allerwenigsten. Und außer ihr würde es eine Menge weiterer Zeugen geben. Niemand hatte es mehr nötig, ein Blatt vor den Mund zu nehmen. Niemand in Fairview brauchte künftig Angst zu haben. Es gab keine heimtückischen Erpessungen mehr. Und keinen blutigen Terror.

Ich wußte, daß es kein Mitleid für Mortimer Berwyn geben würde. Kein Mensch konnte zu einer solchen Gefühlsregung in Verbindung mit seiner Person fähig sein.

Auf dem Flugplatz in Erie verabschiedeten wir uns von Sheriff Andrew Jackson, den wir als einen überaus sympathischen Kollegen schätzengelernt hatten.

Eineinhalb Stunden später hatten wir wieder vertrauten New Yorker Boden unter den Füßen. Ein Taxi brachte uns zum Distriktgebäude, wo Mr. High noch auf uns wartete, obwohl es schon drei Stunden nach Feierabend war.

Der Chef empfing uns in seinem Büro. Er wirkte frisch und ausgeruht wie am frühen Morgen.

»Ich habe bereits von Ihrem Erfolg gehört«, sagte er zur Begrüßung, »keiner von uns hätte wohl erwartet, daß die Nachforschungen wegen des Mordes in der

Bronx derartige Formen annehmen und zu einem solchen Ergebnis führen würden!«

»Und wir beide hätten nicht erwartet, daß die Geschehnisse von Fairview sich auch in New York blitzartig herumsprechen«, erwiderte ich lächelnd. Phil grinste mich von der Seite an.

Mr. High machte ein verständnisloses Gesicht. »Das gutfunktionierende Informationsnetz des FBI sollte Ihnen doch bekannt sein, Jerry.«

»Entschuldigen Sie, Sir«, meinte ich, »wir kommen gerade aus einer Kleinstadt zurück, in der wir Tag für Tag mit rasant verbreiteten Gerüchten konfrontiert wurden.«

Der Chef entschied, daß wir am nächsten Tag keinen Dienst machen sollten, um uns von der Kleinstadtatmosphäre zu erholen.

Wir genossen also einen Tag lang unbeschwert die vertraute Hektik des Asphaltdschungels von Manhattan und stellten fest, daß wir uns dort nicht einmal unwohl fühlten.

Fairview geriet für uns schnell in Vergessenheit. Nur wenn in kurzen Zeitabständen die Zeitungsberichte über den Fortgang der einzelnen Gerichtsverfahren erschienen, wurden wir wieder an unser Gastspiel am Lake Erie erinnert.

Mortimer Berwyn und Hank Bellini, von verschiedenen Gerichten verurteilt, kamen lebenslänglich hinter Gitter.

Die beiden Turner-Brüder erhielten vier bis sechs Jahre Gefängnis.

Die übrigen Mitglieder der Gang wurden ebenfalls zu Freiheitsstrafen verurteilt, blieben jedoch zur Bewährung auf freiem Fuß.

Tage später erhielten Phil und ich je einen dicken

Blumenstrauß mit einer beigefügten Karte. Blumenhändler Clayburn bedankte sich nachträglich für unseren wagemutigen Einsatz und den guten Rat, eine kurzfristige Reise zu unternehmen.

Wir stellten die Blumen in unser gemeinsames Büro und freuten uns auch dann noch darüber, als sie schon verwelkt waren.

ENDE